아침달 시집

핵꿈

김도

시인의 말

무엇 하나 반짝이지 않으면 아무것도
없겠구나.
밤하늘의 몇몇 빛을 보며 생각했다.
어쨌든 별은 보이는 거리 안에 있다고.

2023년 9월

김도

차례

부록

Nothing to be done.

Samuel Beckett, *Waiting for Godot* (Grove Press, 1954), 1.

잠수

두 눈까지 하얀 말이 있을 거야
어디도 가지 않고 앉아 있을 거고
등에 오르면 일어서서 걷기 시작할 거야

초원은 점점 어두워질 거야 아무것도 안 보일 때까지
시끄러울 수도 있고 조용할 수도 있어
비가 내릴 수도 있고 눈이 내릴 수도 있는 초원은
어디로 가든 다 길이라서 길을 잃기 쉬울 테지만
말은 길을 잃지 않고 걸어갈 거야

도착할 때까지 아주 오랜 나날이겠지만
영원처럼 길어서 찰나처럼 짧을 거고

그동안 기억하게 될 거야
말에게 오기까지 있었던 일을

깜깜해서 무슨 일이 일어나고 있는 것인지
알 수 없지만 지금 일어나는 일을

신경질적인 핏줄처럼 드러나는
초원에 드문드문 서 있는 돌기둥이나
번개의 모양과 기대한 새를

기억하게 될 거야
말이 내려주면 앞으로 어떻게 되는지를
잊게 될 거야
말이 떠나고 혼자로 남으면

여행이 끝났다고 느끼는 순간이 오면
여행이 시작된다고 느끼는 순간이 올 거야

새하얗게 밝아질 거야
처음으로 숨이 막혀서 처음으로 숨을 쉴 거야

여기야 다 왔어 이제부터 혼자 가면 돼
저 앞에 말이 있어

그럼 또 봐

딴 데 가서 놀래

응 아니면 아니
오직 그런 말밖에는 못 하게
물어본다 꼬마가

무전기와 망원경
푹 눌러쓴 모자
그늘로 가린 얼굴의 끝
턱에 방울방울 맺혀 떨어지는
눈물 아니면 콧물
아니면 피

내가 어쩌다 여기 있는 것인지 알 수가 없다 윤이 나고
빤질빤질하게 파란 회오리 미끄럼틀의 마지막에 앉아서
뭐하는 중일까 흔쾌히 승낙해도 이상하지 않을 정도로 나
는 별안간 이 세상에 온 것이다 딴 데가 어떤 델지는 알 수
없어도 그만큼 이곳 또한 알지 못하는데 굳이 여기여야만
할 이유가 없는 것이다 해적선과 무엇 하나 해칠 수 없을
생김새의 티라노는 나와 어울리지 않는다 후드를 푹 눌러

쓰고 담배나 푹푹 피워대고 있으니까

응
일어난다
가야겠다 놀이터를 벗어나
무섭게 높은 아파트 군락지를 벗어나
아는 데로

왜냐하면 나는 딴 데에 가본 적이 없고 논다는 게 무슨
의미인지 알 수 없으니까

어디 가

등을 돌리면

이쪽이야 따라와

풀숲으로 사라지는 꼬마

결핍

보여? 하늘에 거대한 것이 떠 있어
보여 나도 보여 나도
나도……

그것은 오래 썩힌 치즈 같고
유적지의 종 같고
수사자의 머리통 같고
나는 그냥 돌덩이로 보여
하하 너가 제일 시시하네

아빠는 그것이 식중독처럼 아름답다 했고 엄마는 살찐
거미처럼 징그럽다고 했다 둘 다 그래서 자꾸 봤다

무슨 일이 터질지 모르는데 어떻게 수업을 할 수 있어요
맞아요 목사님이 곧 진정한 세상이 온다고 했어요 이제 다
소용이 없다구요 우리들은 복도로 쫓겨났다

아파트 옥상에서 망원경으로 봤다

바보야 거기 말고 저길 봐야지

그것은 가라앉거나 떠오르지 않고 커지거나 작아지지
않고 유리잔은 언제 깨져도 이상하지 않았지만 쥐들은 도
망가지 않았다
무슨 일은 일어났는데 무슨 일이든 일어날 거라고 무슨
일이 일어나야만 한다고 다들 열정적이었고

몇 번의 폭풍과 몇 번의 폭설이
그것 때문이라고 말하던 사람들마저
다시 몇 번의 폭풍과 몇 번의 폭설이
지나가는 동안 점점
그것에 대해 말을 아꼈다 결국

그것은 아무것도 아니라는 결론을 내린 것처럼 보였다

지금도 있냐고 물을 뻔했다

표류

울리지는 않지만 슬픈 영화를 떠올리면 떠오를 목록에 늘 포함하는 영화 〈표류〉를 보고 영화관에서 나와 좀 남은 팝콘을 씹으며 걸었던 밤은 취한 사람들로 북적이는 번화가였디

그 거리는 물론이고 집으로 가는 버스 차창에 이마를 기대어 보았던 풍경 또한 마찬가지로 영화 같은 슬픔으로 취해 있었다 그동안 그 애는 옆에서 정말 끔찍한 영화였다 투덜거렸고

비행기에서 따라주는 사과주스만 줄 수 있는 달콤함을 맛보면서 영화 목록을 훑다가 그 애와 보았던 그 영화를 지금 여기서 다시 볼 필요는 없겠지 그러지 않아도 푹푹 처지는 비행기 안에서 말이야

그렇다면 정말 볼 영화가 없는데 이렇게까지 세상에 볼 영화가 없다니 놀라며 영화 목록을 빠져나와 현재 위치를 알려주는 지도를 띄운다

미미한 비행기가 대륙을 가로지르는 중이다 나는 거기 있는 것이다 이런 속도로는 하염없이 더 가야겠구나 싶게 아담한 크기의 모형 비행기 안에 있는 것이다

뭘 보거나 자는 사람들 사이에서 읽지도 자지도 못하는 사람이 되어 눈을 감고 지난 기억이나 아직 지나가지 않은 기억을 불러와 게임을 같이 하기도 하고 자전거도 타면서 기억을 흘리고 보내도 비행기는 도착하지 않는다는 내용을 골조로 하는 영화 〈표류〉의 오프닝 내레이션은 다음과 같다

그 애는 기다란 테이블 끝자리에 앉아 두 손으로 꼭 자기 머리만 한 유리잔에 가득한 호박색 맥주를 꿀꺽꿀꺽 비우는 중이었고 그것만이 기억나는 학교 축제의 밤

나는 비닐장갑을 끼고 대하구이를 까면서 이 밤이 너로 기억되고 말 것이라는 사실을 미리 알았던 모양이다 내가 깐 새우를 이 손 저 손이 슬며시 물고 사라지는 동안

뭐라고 하는지 들어보려고 하고 표정을 읽어보려고도 했기 때문에 그 애 밖의 것들은 희미할 뿐이다 그 시절은 오직 그 애만이 선명하게 빛을 받는 세상이었다

실수로 눈물 좀 놓치고 그 사실을 숨기려고 힘을 주어 눈을 끔뻑이며 영화를 끄고 지도를 띄운다 모형 비행기는

속이 터지는 속도로 날아가는 중이고

지도를 끄면서 이어지는 〈표류〉의 다음 내용은

외대 앞에 맛있는 라멘집이 있다며 늘 내가 찾아보고 물어보고 알아보기만 했던 맛집 리스트 어디에도 없었던 라멘 맛집에 나를 데려간 그 애는 맥주를 시켜도 좋다며 선심 쓰듯이 말했다

우리는 맥주와 하얀 국물의 라멘을 싹 비웠고 날씨도 좋으니까 걸어가자며 걷던 가을밤은 학교 정문 인근으로 접어들면서 그 당시엔 도저히 정체를 알 수 없었던

꽃이나 보석이나 여신의 이름 들을 간판에 무덤덤하게 써놓고 몹시 뻔뻔하게 일반 음식점이라는 수상한 정체를 주장하는 속이 보이지 않는 가게들의 창문 너머는

맥 빠진 밝기지만 속삭이듯이 불빛을 거리에 드리우고 있었고 우리는 거리를 빠져나가는 순간 안심하면서도 그 밤을 신비롭게 기억하게 될 거라고 예감했다

그런데 지도 위에서 간신히 지도를 밀어내는 비행기가 그 애에게 가까워지는 중인지 혹은 그 애로부터 멀어지는

중인지 모르겠다 나는 공포에 질리고

　　괜히 그 애를 떠올리게 하는 〈표류〉는 엔딩 크레디트를
보고 나면 지금 이 비행기가 추락해도 받아들일 수 있을
것 같다는 느낌을 주는 영화다
　　그러나 나는 얌전한 승객으로서 기내의 침침한 소란을
다만 견딜 뿐이다 견디고 견디다가
　　마저 봐야겠다 그래서 〈표류〉의 다음 내용은

널 재우기 위해서라면

하얀 바다의 수면 위로 드러났다 수면 아래로 사라지는 고래의 하얀 꼬리를 볼 수 있는 수족관 유리에 달라붙은 사람들의 손바닥

보랏빛 장미가 장미라고 부르기 어색한 모습일 때부터 한 잎씩 겹을 더해가며 완연한 보랏빛 장미가 되는 과정을 보여주는 러닝타임 330년 분량의 비디오 필름을 보관하고 있는 수많은 비디오들의 탑으로 쌓인 330층짜리 빌딩의 내부에서 불을 지르고 있는 한 사람

됐어 그만해

천사가 있다고 믿으면서 천사가 어떻게 태어나는지는 별로 안 궁금한 남자가 길거리에서 핫도그를 먹는 중이고 그것을 바라보는 어린아이가 있다

라면을 먹으면 오늘 하루가 완벽히 끝나겠다는 생각을 하는 여자의 머릿속에 들어 있는 요정의 날갯짓

됐어 그만해

우스운 생각을 하다가 무서운 생각을 하다가 이젠 아무 생각도 하고 싶지 않다고 생각하면서 침대에서 뒤척이는 사람의 척추에서 시작되는 무서운 조짐

마시면 내면의 공포가 바깥에서 찾아올지도 모르지만 극복만 해낸다면 느낄 구름 위를 걷고 싶다고 말할 때의 온도와 촉감의 구름 속에서 하게 되는 온천욕

됐어 그만해

천국보다 낯선

아파트 베란다 창문 너머에 닭 한 마리가 보인다
별안간 창문이 열린다
꼬끼오
아파트 한 동의 창문이 일제히 열린다
닭들이 고개를 내민다
꼬끼오
아파트 한 단지의 창문이 일제히 열린다
닭들이 난간에 올라선다
꼬끼오

아침이네 아침엔 아침밥을 먹어야지 D는 천국에서의
하루를 막 시작했다

늙지 않는 아이가 엘리베이터를 기다린다
문이 열린다 아이가 들어가고 문이 닫힌다
엘리베이터는 다음 층에서 선다
늙지 않는 아이가 엘리베이터로 들어온다
엘리베이터는 다음 층에서도 선다

멈추는 층마다 꼭 한 명씩은 늙지 않는 아이가 탄다

그런 식으로 엘리베이터는 지상으로 내려간다

지상은 멀고도 멀다

D는 계란을 볶다가 태운다 계란볶음이 투명한 흰자로 녹아내리며 노른자를 피운다

닭이 발등을 쪼며 말한다 다시 볶아보세요

D는 계란을 볶다가 소금을 지나치게 뿌린다 계란볶음이 투명한 흰자로 녹아내리며 노른자를 피운다

닭이 종아리를 쪼며 말한다 다시 볶아보세요

D는 한 번씩은 실수를 한다 그때마다 스크램블 에그나 프라이와 같은 요리들이 걸쭉한 물처럼 녹아내려 깨졌던 달걀 껍질을 뒤집어쓴다

가장 아름다운 계란 요리가 완성될 때까지 되돌아간다

그것을 먹으면 지독하게 행복해서 다음과 같은 알러지 반응을 일으킬 수도 있다 가장 높은 옥상까지 쉬지 않고 걸어 올라가 데일 듯이 달군 심장과 폐가 일으키는 호흡곤란을 잠재울 만큼 성에 낀 희박한 산소를 양껏 들이마시는

단 한 번의 호흡의 순간 허물어져 강렬한 쾌감을 동반하는 쇼크에 취해 깨어나지 못할 수도 있다 혹은 터널을 빠져나가면서 희게 눈이 머는 순간이 끝나지 않을 것처럼 계속되는 동안 당신은 빛나는 안개 속으로 날아가며 점점 지워지는 그림자처럼 보이고 액셀을 누르는 발을 떼고 핸들에선 손을 떼고 안전벨트도 풀고 창문 다 내리고 아무것도 흔들지 않는 바람이 불고 길이 배신하지 않는 이상 충돌은 없을 테지만 물 위에 뜬 무지개 기름과 같이 협곡을 지나고 폭포로 떨어지고 강물을 따라 흐르다 어느새 파도를 타며 잔잔한 바다로 가서 출렁이면서 다만 거기서 떠 있기로 다짐하는 체념의 정서를 느낄 수도 있다 혹은 눈송이가 오류를 일으키듯 떨어지는 자리마다 흑백의 빛을 퍼뜨리며 끊겼다가 이어졌다가 하는 풍경을 보면서 송출이 끝난 티브이 화면을 하염없이 응시하던 어느 새벽의 기억을 불러와 필름 더미가 불타는 소리를 들을 수 있다 혹은 유독 입김이 많이 새는 호수에서 보이지 않는 사람들의 속삭임을 들으며 어디로 배를 몰아도 쏟아질 것 같은 절벽과 마주하는데 등불은 뜨지 않고 가라앉지만 그래도 높은 곳에서 내려

다보면 당신은 사로잡은 하나의 작은 빛처럼 보일 것이므로 누군가 절벽 위에서 보고 있기를 바라는 열망의 온도로 활활 타는 온몸 때문에 일어나는 착란 속에서 무너지고 섞이는 형형색색의 공기를 볼 수도 있다 혹은 혹은 혹은 하면서 평생을 바쳐서 썼기 때문에 평생을 바쳐도 다 읽을 수 없도록 얼마든지 계속되는 경고문을 완독해야만 아침밥으로 계란 요리를 만들 자격이 주어진다

노인이 정원으로 나와 싱그러운 잔디밭에 물뿌리개로 물을 뿌린다 물방울의 궤적을 따라 무지개가 사라진다
노인은 그것을 보고 싶어서 물을 뿌리며 잔디밭을 따라 원을 그린다
옆집 노인이 정원으로 나와 달게 우거진 꽃밭에 호스로 물을 분사한다 물방울의 궤적을 따라 황금빛 깃털 구름이 흩어진다
옆집 노인은 그것을 보고 싶어서 물을 뿌리며 잔디밭을 따라 원을 그린다
옆집 노인의 옆집 노인도 정원으로 나온다 그 옆집은

물론 그 옆집의 옆집도

이렇게 아침이 기지개를 켜는 동안 D는 세상에서 가장
아름다운 계란 요리를 민드는데 다시 한 번 실패한다

D는 또 한 번의 달걀을 깨며 행복한 미소를 그린다
또 한 번의 달걀을 깨며 웃는다
또 한 번의 달걀도
그다음 달걀도
그다음도

세상에서 가장 아름다운 계란 요리가 완성될 때까지
아이가 노인이 되고 노인이 다시 아이가 될 때까지

같은 음악만을 틀어놓는 스피커가 울릴 것이다
우리가 타고 있는 비행기에서 흐르는 음악처럼

우리는 손을 겹치고 있다

집으로 돌아가는 중이다

높은 곳에서

계속

우주선을 타면 틀어두고 싶은 플레이리스트

놀이터를 보았던 것 같다

정글짐에 매달린 아이들을 보았던 것 같다

펜스를 손가락으로 스치면서 담배를 물고 걷던 거리는
바삭한 플라타너스와 깨지는 햇빛으로 가득했던 것 같다

코트 깃을 목까지 세우고 후드를 뒤집어쓰고 쌀쌀하게
곤두선 바람에 얼굴을 비비며 방으로 돌아가 웃긴 애니메
이션을 틀고 저녁을 먹어야겠다고 생각했던 것 같다

네게 꼭 해주어야 할 말이 떠올랐는데 꿈속이었다
너를 웃게 해줄 말이었는데
깨고 나면 아무것도 기억하지 못한다

이국의 공원 벤치에 앉아 고기 기름이 흥건히 떨어지는
샌드위치를 먹으면서 어쩌면 천국은 알고 지내던 사람들
보다 처음 보는 사람들만 있는 도시겠구나 생각했다

저녁이면 카레나 생선 굽는 냄새가 나는 골목에서 자전거를 타던 기억은 없는데 왜인지 선명한 이 장면에 무슨 이름을 붙여줘야 할까

한 번도 살아본 적 없는 아름다운 기억만을 기억하게 만드는 약을 투여받으며 다른 별로 떠나는 냉동 인간들로 가득한 우주선에 깨어 있는 두 사람의 이교대 수면 패턴

어째선지 슬픈 기억은 비현실적이다
버스를 타고 강을 건너는 밤
맥주 네 캔을 사서 귀가하는 새벽
티브이 앞의 할머니와 개

그래도 네가 있다

선
선이라고 하는 거야
우리는

선을 따라가는 거야
도로 위로 이어지는

하얀 선의 끝에는
배가 있을 거라고

그는 말했다
안개가 걷힌 모래사장에 쏟아지는 햇빛을
생선이 익는 동안 바라볼 불과 별을
냄새를 맡고 다가올 개의 눈망울을

나 들으라고 하는 말이었을까
뿌옇고 얼었고 뭐가 없고
보이는 것만 간신히 보이는

창문에 이마를 붙이면
말 없는 뒤통수였을 텐데
나는

그가 좋아한다는 노래를 껐다 지긋지긋하다는 듯
미지근한 히터가 꺼졌다 덜덜 떨다가
조용해진 차는 좀 굴러가다
멎었다

내릴 거야?
내려야지 안 내릴 거야?
내리지 않았다
알고 있었다

내가 내리면 그도 내린다
내가 안 내리면 그도 안 내린다
그가 내리면

모르겠다
그런데

어기까지 오는데 우리의 털은 많이 자랐구나
고개를 돌릴 수 없었다 아직도
그가 웃고 있을까 봐
더 가자고 할까 봐

선을 따라서

어디로 이어지는지 몰라서
어디로든 이어질 수 있는

선의 끝에서

단 하나의 문제만이 출제되는 시험

이제 그만해도 될 것 같아
망치를 쥐고 사다리를 내려오는 사람이 말한다

그만해도 좋아
나는 말하지 못한다

이제 그만해도 될 것 같아
한강 위의 레일을 달리는 열차 안에서 헤드폰을 덮은
소년이 아무도 듣지 못하도록 입술을 움찔거린다

그만해도 좋아
나는 말하지 못한다

이제 그만해도 될 것 같아
눈 내리는 봄 새벽 학교 주차장에서 서로를 쓰러뜨리고
함박눈 탓에 눈을 뜨지 못하는 두 사람 중 한 사람이 말한다

그만해도 좋아

나는 말하지 못한다

이제 그만해도 될 것 같아
세상의 감시를 피해 하루를 날아가아 도착하는 나라에
난민 신청을 하고 다시 취소하고 귀국 비행기가 올 때까지
감옥에 갇힌 남자가 철제 2층 침대에 누워 모포를 두르고
중얼거린다

그만해도 좋아
나는 말하지 못한다

이제 그만해도 될 것 같아
근처 돈가스집에서 냉우동을 먹고 커피를 마시고 집으로
돌아와 불을 끄고 침대에 누워 벽지 무늬를 손끝으로 따
라가면서 깨지 않게 잠드는 병을 앓는 상상을 하는 남자가
있다

상상 속의 그 남자는 잠을 자고 있다

꿈을 꾸는 모양인지 잠꼬대를 한다

그만해도 좋아
나는 말하지 못한다

슬픈 얼굴 대회

절대로 눈물을 흘려서는 안 된다 어떤 재고의 여지도
없이 곧바로 탈락하기 때문이다 대회는
　거듭될수록 지난 슬픔보다 새로운 슬픔이 필요했기에
너무 많은 종류의 슬픔이 얼굴에 있기 마련이다
　따라서 저게 슬픈 얼굴이라니 믿기 어려운 얼굴도 실은
고득점의 슬픈 얼굴일 수도 있는 것이다

　매일의 슬픈 얼굴 대회 티브이쇼는 참가자의 사연 혹은
인생사 인터뷰 같은 장면을 절대로 내보내선 안 된다 방송
윤리에 저촉되기 때문이다
　슬픔에는 차별이 없다 밖에서 보든 안에서 보든 멀쩡해
보이더라도 거대한 슬픔을 품을 수 있는 것이다

　이것은 슬픈 얼굴입니까
　네 이것은 슬픈 얼굴입니다

　자리에 앉은 108명의 심사위원들 한 명 한 명 마주하고
슬픈 얼굴을 보이며 슬픈 얼굴이라고 시인하는 것이 쇼의

하이라이트이며 이 구간 광고비가 심하게 비싸기 때문에

대회측은 참가자들이 더 슬픈 얼굴을 만들 수 있도록 숙식을 제공하고 운동 시설을 제공하고 서재를 제공하고 담배 값을 제공하고 인연을 제공할 수 있다

슬픈 얼굴 대회를 보며 슬픈 얼굴을 연습하는 사람들은 대부분 결국 눈물을 터뜨리기 마련이며 따라서 눈 코 입 다 웃는 얼굴도 몹시 슬픈 얼굴일 수 있다

지금 벌어지고 있는 것은 결승전이다 그런 믿음 없이는 버티기가 어려운 경기를 치르고 작은 이자카야에 들러 닭의 살점 및 염통 꼬치를 뜯으면서 생맥주를 벌컥벌컥 들이켜고 거리로 나와 갑자기 우스워 허리 숙이고 바닥 보고

이런 슬픔도 있었구나 휘청거린다

떨어지는 돌

애니메이션으로 아는 패트릭은 나를 모른다 패트릭은 대충 봐도 보지 않는 편이 나았을 거라고 후회하게 만드는 생김새의 곤충만을 선정하여 세밀화를 그리는 화가다 인터뷰마다 그들이 지극하고 순수한 아름다움을 보이기 때문에 그린다는 동기를 강조하는 패트릭이 집에선 바퀴벌레만 보아도 눈을 감고 비명을 지르며 살충제를 뿌리는 사람임을 아는 사람은 패트릭이 알기론 한 명도 없다 절대로 저녁을 차린 식탁 앞이나 자려고 불을 끈 침대 맞은편이나 기업 사옥 회전문 지나 정면의 벽과 같은 로비에 걸고 싶지 않을 모습의 연작이 예술계에서 받는 극찬 때문에 그림을 소유할 정도의 부를 갖춘 사람은 당연히 그래야 한다는 듯 경매장에서 우아하게 손가락을 치켜든다 이 애니메이션을 본 사람이라면 누구나 만화기 때문에 가능한 요약적인 선과 색채의 세상 속에서도 패트릭의 그림만큼은 현실적으로 느껴진다는 의견을 공유하기 마련이다 그것은 천부적인 그림 실력으로 명문 미대에 수석 입학했지만 그림 말고는 볼 게 없다는 주변의 평가로 무너진 뒤 인기 없는 웹툰을 연재하다가 유명 애니메이션 제작 기업 프로듀서의 눈에 띄어 대체로 필요하지는 않지만 특별한 묘사가 필요할 경우 일감을 받는 프리랜서 작화가 민영 덕분이며 민영은 나를 모른다 매 화마다 두세 점 이상의 그림이 등장하는 가혹한 업무량에도 불구하고 민영은 다섯 시즌 동안 마감을 어긴 적이 없으며 매일 밤 커뮤니티에 새롭게 게시된 리뷰들을 읽어보는 시간을 갖는다 누군지 몰라도 대단하기 때문에 누군지 알고 싶다는 평가는 민영을 기쁘게 하지만 무섭게 한다 기분 나쁘고 음침한 작가라는 소문이 중학교 시절 고등학교 시절 대학교 시절의 일화들과 함께 소셜 네트워크를 통해 번져나갔던 기억 때문이다 민영은 패트릭이 그린 그림들을 하나도 빠짐없이 거대한 크기의 유화로 그려놓았으며 그 그림들은 민영의 집이자 작업실이자 방인 공간을 점점 비좁게 만든다 패트릭과 민영을 알고 있으며 마음만 먹으면 더 자세히 알아볼 수 있는 나는 패트릭과 민영이 알 필요가 없는 목소리다 불이 꺼진다 아무것도 볼 수 없는 깔끔한 어둠 속에서 목소리가 잦아든다

2인실

그분은 약속했어요 밤이면 희미한 빛만으로 반짝이는 녹색 바다에 떠 있는 집들로 이루어진 끝없이 뻗어나가는 마을로 우리를 데려가서 영원히 살게 할 거라고 해가 뜨면 수영을 하다 해머에 누워 살갗을 태우지 않을 정도로 온순한 햇빛을 쬐며 낮잠을 자게 할 거라고 하얀 새가 기막히게 달콤하고 시원한 과일을 가득 담은 바구니를 물어 오면 입가를 끈적하게 적시는 아이처럼 웃게 할 거라고

며칠은 좋겠지만 영영 거기서 그렇게 지내는 건
아무래도 좀 무섭다 며칠 있을 줄 알았는데
몇 달째 여기서 지낸다

나는 그의 말을 듣는다
우리는 약을 먹으면 잘 것이다

지금 이 모든 게 이 순간보다 짧은 한순간에 일어나는 일이라는 걸 알게 될 거라는 식으로 얘기할 수밖에 없지만 실은 지금 알고 있는 것이며 그 찰나 안에서 우리는 동식

물사물 할 것 없이 모두 연결돼 있으므로 그가 나고 내가 그며 그걸 당장 모르지만 아는 거나 다를 바 없다고 왜냐하면 언젠가 모두 죽고 그건 지금 죽은 거나 다름이 없으며 따라서 죽음을 두려워할 필요가 없다고 삶과 죽음은 양면이고 동전은 동전이니까

말하지 않는다 그는 나의 말을 들을 수 없다

그가 한동안 약을 먹고 나면
이 방은 조용할 것이다
약을 먹지 않아도

안 먹을 순 없겠지만

퇴원

한 주먹의 알약이라도 삼킨 것처럼 바다는 잔잔하다
침대가 떠간다

미세한 불꽃이었다 머리를 따뜻하게 덥혔다 그 느낌이
좋아서 소중하게 대했다 사그라들까 봐 입김을 불어넣었
다 불이 커질수록 신이 났다 땔감을 찾아 나섰다 책들을
넣고 음악들을 넣고 사진들을 넣고 불은 대단해졌다 보세
요 나는 대단해졌어요 친구들도 넣고 애인도 넣고 가족도
넣고 불은 위대하게 이글거렸다

보아라 신이 여기 있다 응급실에서 링거 바늘을 뽑고
피를 줄줄 흘리며 도망치는 신 붙잡혀 잠재워지는 신 바다
한가운데의 침대에서 눈을 뜨는 신……

하얀 새는 밤마다 알약 한 줌을 물어온다 먹지 않으면
나갈 수 없다고 말한다 약을 삼켜야 해 약을 넘기고 넘어
가버렸다고 입을 아 벌려 혀 밑을 보여줘야 해 이상하지
약을 삼킬수록 불이 작아지는 것 같아 약을 거부하면 새들

이 몰려와 나를 절벽의 둥지로 물고 간다 내가 두부처럼 온순해지면 문을 열어준다

　어떤 사람은 짧은 복도를 끝에서 끝으로 걷는다 어떤 사람은 공중전화기 앞을 떠나지 못한다 어떤 사람은 이곳이 세상보다 편안하다고 말한다 이곳은 세상이 아니다

　나간다면 나가기만 한다면
　우리 불이 사라진 척을 하자
　불이 색색거린다
　불을 땔 자유가 있는 곳으로
　침대는 가고 있는 거야
　나가고 싶다는 티를 내지 마
　어떡하라는 거야 나는
　멍해지고 침을 흘리고
　혀가 꼬이고
　참을 수가 없는데
　불은 불안하게 떨다가

작아질 수 없을 때까지
점점 작아지다가
구멍 속으로 들어가서
나오지 않는다
추워졌어
나는 책도 읽지 않고
피아노도 치지 않고
해가 뜨고 지든
이불만 뒤집어쓰고 지낸다
어떤 사람은 침대를 벗어나지 않는다

바다로 뛰어들지 않는 이유가 뭘까 물고기가 무서워서
아무것도 없는 바다에 뭐가 잔뜩 있을지도 몰라서 괜찮아
물고기야 괜찮아 물고기야

그런 목소리를 들었던 것도 같다 우리가 여기 있을게
결정적인 순간이 왔을 때 너를 혼자 두진 않을 거야

백사장 어둠 바다 파도 거대한 짐승 호흡 영원히 깨지
않는 잠 별 흐느적거리는 빛 의미 밖의 음악 허물 벗는 침
묵 빛나는 뱀들 합쳐지고 갈라지고 다시 합쳐지고 갈라지
는 숲 자라는 풀 자라는 나무 죽는 풀 죽는 나무 그 위로
자라는 풀 그 위로 자라는 나무 잎사귀에 맺힌 물방울 추
락 스미는 물 시작되는 추락

　　새하얗게 밝아졌다가
　　당연하다는 듯 깜깜해지고

　　새들이 지저귀고 있었다
　　나는 눈을 감고 있구나
　　눈을 뜨니 침대 위였다
　　참새가 무너진 벽 틈으로 날아갔다
　　방을 나가 불 꺼진 복도를 걸었다
　　방들은 모두 비어 있었다
　　계단을 내려갔다
　　넓고 높은 로비가 있었다

빛으로 물든 유리문을 열었다

눈이 쌓여 있었다

맨발로 발자국을 남기며 멀어졌다

예언

　파란색 전구들이 박힌 검게 썩은 나무판자의 반복적인 나이테 문양 멀어질수록 하나의 글자가 되고 단어가 되고 문장이 되고 한 쪽이 되고 한 권이 되고 서가가 되고 도서관이 되는 파란색 전구들이 꺼졌다 켜지는 패턴은 우연적이지만 필연에 의해 형성되는 모양새 읽으려고 해도 안 되고 이해하려고 해도 안 되고 다만 읽을수록 아름답다고 생각할 수밖에 없는 문자들의 배열이 만들어내는 등줄기를 타고 흐르는 소름 감전된 척추를 들썩이게 하는 새벽에 윗집에서 연주하는 드럼 연주 소리 엎어지는 베이스 소리 엎어지는 피아노 소리 엎어지는 목소리 점점 커지는 소리 그 소리를 듣게 된다

유전

서두르지 않으면 돌이킬 수 없을 거예요

　알아들을 수 없는 말을 서서히 흘리다가 나중에는 마구
쏟아내던 딸은 지금 구세주다

　나도 한때는 구세주였다 그래서 안다 얼마나 괴롭겠어
세상을 구해야 하는데
　나는 운이 좋았지 병원에 갈 수 있었으니까 오랫동안
약을 먹을 수 있었으니까

　아직 늦지 않았어요 이쪽이에요
　모든 걸 다 아는 너는 손을 잡고 나를 이끈다

　눈 쌓인 세상은 길이 없다
　그냥 어는 것보다 실패한 구세주로 어는 게 낫겠다
　그러나 아무 느낌도 없는 두 발과는 달리
　네 손은 분명하게 부드럽고
　어른거리며 나타난 유리 건물

노을이 유리 벽을 지나 들어오고 있다
식물원에 오다니

검은 기둥들이 서 있다
새어나온 그림자가 길어지는 중이다

이것 봐요 아직 있어요

밖이나 안이나 조용한 건 마찬가진데
더 고요해진 것 같은 기분은 어째서일까
죽어서도 쓰러지지 않는 것들이 있다

너는 코를 갖다 대보고
귀를 갖다 대본다
나무를 쓰다듬는 손
너는 쓰러질 것 같은데

살아 있는 것처럼 보인다

그것이 놀라워서
나가야 하는데
밤이 오고 있는데
먹을 것도 찾고 잠잘 곳도 찾아야 하는데

너를 보고 있다

같이 가요

수면 아래
빛의 거품을 뱉는
무수한 고기들이 사는 것 같아

여기 많이 왔던 것 같은데
이런 건 처음 보는 거라서

눈을 감지 않으면 번지는 초록 불꽃이
보기 좋은 것도 보기 싫은 것도 태워버려서
다 재가 되어 가라앉을 것 같은데

눈을 뜨고 있네 원형 경기장에 누워 쏟아지는 플래시
비에 젖어가는 탈진한 골키퍼처럼

더는 지킬 필요가 없는 둥지에 앉아 떠나지 않는 새처럼
나는 눈물에 관해 할 말이 많은 것 같다
나는 아빠가 우는 걸 본 적이 없다
그러므로

병상에 의식을 잃은 나를 남기고 무사히 운전대를 돌려
집으로 돌아와 틈을 찾아 새는 울음이 고이던 아빠의 귀는
오지 나만의 기억이라고 할 수 있지

  다행히 치료가 잘되어서
  말을 더듬고 침을 흘리는 내가
  말끔히 정돈된 침대에 누워 눈을 감고

  이 모든 게 지나가기를 기다리거나 아니면
  이 모든 게 다시 시작되기를 기다리는 자세로
  꾸역꾸역 삼키는 침묵에 귀를 기울이며 영원을 견뎠겠지
  티브이로 귀를 막고서 어두워지기를 기다렸겠지

  저녁이 되면
  너무 많은 통화를 잊으면 좋을
  엄마가 돌아와 저녁을 차릴 테니까
  아빠와 엄마와 할머니가 식탁에 앉을 테니까

다만 먹을 이유를 알아낼 수 없던 내가 거기 있었다고
말하기는 어려운 일이고
　　설거지를 마친 엄마는 불을 켜고 내 이름을 불렀다

　　같이 가자

　　동작대교까지 가서
　　반포대교까지 갔다가 다시
　　동작대교를 지나 집으로 돌아오는
　　길고 긴 어둠을 걷자고

　　나가지 않을 수 없을 때까지
　　슬픈 눈을 보였다

　　의사가 운동이 좋다고 말했으니까
　　내가 걸을 수는 있을 테니까

봄

한강

밤

여름

한강

밤

가을

한강

밤

겨울

한강

밤

알게 되었지

목이 길고 하얀 새가 적시는 발

갈대숲의 너구리 똥

반딧불과 무관한 전구 산책로

어쨌든 뛰는 사람들

강가의 연인들
그리고

이렇게 눈부신 온기는 처음이라 잘 모르겠지만 저것은
아마 윤슬이다

그러고 보면 우리는 밤만 지나왔네 아무래도
말해주어야겠다 아름답게 빛나는 것을 보았다고
여기 오면 볼 수 있다고

맑은 낮에

우리는 농담이 아니야

어쩌면 있지 않았을까
방법이 너를 살릴 수 있었던 어떤 시도

살지 않았을까
다만 지금 여기에 버텨서 기다리겠다고
그것만으로 위대할 수 있는 목소리로
중얼거리면서
종이 위에

육개장과 맛살전을 뒤적이고 캔맥주를 연거푸 따면서
그런 생각을 하는 중
　나와 달리 어떤 생각을 하고 있을지 모르는 너를 아는
사람들을 보면서
　웃기거나 야한 기억을 떠올려보려고 하는 중 너는 입만
열면 저속한 농담을 늘어놓곤 했으니

　어느 밤 우리는 이태원의 피자집에서 에일 몇 잔 붓고
너의 집으로 갔지

무더운 밤이었다 너는 이불에 엎어진 창문에 다는 소형
에어컨을 싸게 샀다며 자랑했고

　　자고 가기로 했는데 잠이 안 와 택시를 타고 가겠다고
했지 우리는 휘청이는 밤을 걸어 반포대교로 향하는 길로
들어섰네

　　잘 가
　　인사했지

　　다음엔 좀 더 좋은 곳에서 만나자고
　　하면서

불씨 지키기

아직 안 꺼진 불씨를 지키는 임무는 점점 더 막중하다

오늘도 꺼지지 않았어 내일도
꺼지면 안 된다 괜찮아
안 꺼질 거야 중얼거리며
잠드는 밤에도 불씨는

밥을 짓지 못할 정도로
국을 끓이지 못할 정도로
뜨겁고 빛나는 것

가만 보면 불씨가 보이는 깜빡임은
고치지 않는 치킨집의 간판과 다르고
거미줄에 붙은 매미의 날갯짓과 다르며
뒷산에서 안 무너지는 돌탑과 다르지만
그 모든 게 위태롭지 않은 만큼
고르게 물결치는 호흡

꺼진 적 없는 불씨는 언젠가 꺼지기 마련이며 그것이
불씨를 아름답거나 슬프게 만드는 이유는 아니다

다만 늘 보살피고 싶은 마음
밥을 먹다가도
책을 읽다가도
사랑을 나누다가도

곁눈질로 보는 세상은 아름답구나
감탄하게 만드는 빛과 온도를 지키고 있다

떠오르는 풍선

음악이 좋겠다 도대체 왜
음악을 안 듣고 있었지

해변 아니고 숲속 아니고 데리스 아니고 옥상도 아니고
거품이 떠다니는 욕조 안도 아니고 난생 처음 보듯 예뻐서
볼 수 없는 노을을 어떻게든 보려고 눈 감고 커튼도 치고
떠오르는 빛의 잔상의 배경이 되는 어둠 속도 아니고

지금
읽지 않은 책이 가득하고
그 위로 먼지까지 쌓인 방
여기
파란 눈을 밝힌
스피커 한 조가 기다리는
밤과 어울리는 음악을 찾는다

이것이 천재 조향사 슈미츠 씨의 감상평이었다
떠오르는 새로운 별의 이름은 앨리스였다

앨리스는 울었다 펑펑 터지는 폭죽처럼

내가 그때 그 자리에 있었잖아

동방크리스티나는 뚜껑을 닫고 돌려서 단단히 밀봉한
뒤 투명하지만 속이 비치지 않는 갈색 병을 흔들며 말했다
동방크리스티나는 유년기 우연히 마시고 토해버렸지만
목으로 넘어간 뒤 달궈지는 들숨 날숨에 꿀과 꽃의 향기를
섞었던 술을 마신 이후로 조향사가 되겠다는 각오로 살아
왔고 아직 조향사로 인정받지 못하는 중이다

나는 그런 동방크리스티나를 보고 있다
우리는 멀어지고 있다

여기서는 모두
작게 보여
귀엽군

비둘기

되도록 많이
쓸모를 잃은 물건들을
데려가려고
시끄러울 필요가 있는 트럭이
어디로 가는지
거기선 뭐가 보이고 들리는지
아는 사람은 많지 않겠지
어둡고 조용한 새벽에
더 어둡고 더 조용한 곳에 있고 싶은
창문 닫고 커튼 친 사람들이
쓰레기차를 볼 일도 없고
마주치더라도 피해갈 테니까

조금이라도 더 자고 싶도록
너무 빨리 밝은 서울의 골목들이
밤새 켜두었던 빛을 거두면
조금 흘린 비닐봉투나
뭐라 말하기 어려운

조각들
그런 것들 빼고는
어제 있던 것들이
오늘 없게 되니까

그러면 그 빈자리에 다시 쓸모없는 것들을 버리면 된다

꼭 테마파크에 사는 것 같아
좋은 모습을 보여주지 못할까 봐 불안한
간판들 카페들 맛집들
거리의 구두들 운동화들
도로 위의 자동차들
귀엽지

다들 여기서 재밌게 놀고 싶은 것 같아

비명을 지르면서 레일을 따라 떨어지는 열차가 멈추면
꼭 그때 내 얼굴이 어땠는지 알고 싶어서 사진을 봤었지

그러다
집에 갈 시간이 되면
집에 갔었고
또 가고 싶다고 생각하면서
잤었지

테마파크에 사는 새들은 어떤 기분일까?

다섯 시면 새들이 울기 시작해
빌라의 비좁은 정원 나무에서
용감한 애들은 전선 위에서
말로 안 들려서 가능한 노래로
아침을 연주하지

한번은 동네에서 매를 본 적이 있었다 저렇게 큰 새가
이런 곳에 있다는 걸 믿기 어려웠고
난리가 났었지 하늘을 어지럽게 날아다니다 좀 낫겠다

싶은 곳에 비둘기들은 모여 앉아 있었어

아이들이 미워해도 된다고 여길 정도로 교미하고 알을
낳고 죽고 또 교미하고 알을 낳고 죽으면서 씻겨야 할 것
같은 깃털과 마주치고 싶지 않은 눈빛을 갖게 된 새들
쫓아가 발길질을 하면 태연하게 날아서 저 앞에 앉거나
아니면 저벅저벅 걸어서 딴 데 가는 새들

그런 새들이 하늘에 공포로 춤추는 문양을 그리고 있었다

아주 살아 있는 것처럼 보였지

Golden Tiger

어젯밤을 기억하는 일이 자주 위험했다

흐리고 비가 내리는 겨울이 계속되고 있었다
매일 먹어야만 하는 약을 두고 왔다는 이유로 뮌헨에서
베를린으로 돌아와 트램을 기다리던 밤의 주황 불빛

주황빛 레일 주황빛 창문 주황빛 도로 주황빛 가로수
주황빛 세계

마지막 트램
놓치면 펼쳐질 무서운 대도시의 뒷면

내려야 할 곳보다 이르게 내려버리는 바람에 길고 길게
걸었던 밤길 곳곳에 무리를 지어 맥주를 마시던 사람들의
피하고 싶었던 눈길
끙끙거리며 캐리어를 끌고 계단을 올라가 너의 방으로
돌아가 눕고 덮고 감은 눈으로 미리 보던 뮌스터행 기차

테마파크 같은 도시
그런 곳에서 몇 년을 살아온 것이구나
놀라운 사실이었다

클럽 옆 피자 햄버거 핫도그 다 파는 가게 위층의 숙소
백패커들의 둥지에서 불 꺼진 방을 훑고 지나가던 열차와
레일이 켜는 뒤척이면 삐걱이던 매트리스의 로파이

네가 좋아한다는 길
네가 좋아한다는 집
네가 좋아한다는 개
네가 좋아한다는 사람
만나보았지

그때 나는 두려워했어야만 했던 것 같다
지금 붙잡을 수 없는 눈부신 아침 점심 저녁이 우리를
적시며 흘러 사라져가고 있었기 때문이었다

한 줌의 빛이라도 쬐기 위하여
잔디밭에 모여 앉은 사람들의 빛나는 머리카락
그 주변을 뛰어다니는 개들
간혹 군침이 도는 마리하나의 향기

앞으로는 무슨 일이 일어나도 놀랍지가 않겠구나
그런 생각도 했었고

흐린 겨울
좋았지

그때 너무 많이 싫다고 말했었구나
너무 긴 밤이 자꾸 끝도 없다고
울면서 네게 말했었구나

그러지 말걸
그렇지만

돌이킬 수 없는 것♧이 있다면
돌이킬 수 없는 것이 있는 거겠지

기억이라면 다 웃어버리는 능력
그런 것이 있다는 걸 알게 하는 아침

연기를 흘리는 푸른 방

♻ 돌이킬 수 없는 것

문을 닫고 돌아서면서
도어 록의 비밀번호를 잊는다
문들의 복도를 걷다가

누가 열어줘야만 열 수 있는 문의 호수를 잊는다 그리고 너는 문을 열어줄 사람 또한 잊는다

엘리베이터의 문이 닫히면서 비좁아지는 복도는
문이 열리면서 사라졌다는 사실마저 사라지고

로비 지나 현관 지나 빌딩 거리
오가는 차와 행인들
창문들 간판들 끊임없는
새로운 것들 만나자마자
부서지는 것들

다만 너는 어깨가 아파서
영문을 알 수 없는 거대한 백팩을 내려놓는다
가려던 곳들 가야 할 곳들

두고 온 것들이 잊힌다
네가 너를 몰라도 좋도록

나는 너를 잊기 위해 나를 잊어가기 시작한다

"내가 아는 사랑의 전부"

실내를 서성이는 존은 가운 차림이다. 한 손에 향긋한 김을 뿜는 홍차 한 잔을 들고 있다. 그러다 새삼스레 아주 오래전부터 제자리에 있었던 레코더 전화기를 발견한다. 존은 신속하며 안심할 수 있는 동작으로 서랍을 열고 많은 테이프 중 하나의 테이프를 망설임 없이 꺼내어 레코더 뚜껑 열고 테이프 끼우고 뚜껑 닫고 되감기 버튼을 누른다. 사람의 귀로는 식별하기 어려운 속도로 몹시 흥분한 새와 쥐처럼 중얼거리는 두 존재의 말소리가 순식간에 끝나가는 잠깐의 시간으로 홍차 한 모금을 머금고 굴리고 삼킨다. 재생 버튼을 누른다.

-지금부터 들리는 목소리는 존이 녹음한 것입니다. 존에겐 전형적인 자동응답기의 상투적인 멘트를 고안하고 짜내어 무지개를 두른 하하호호 집을 상상하도록 당신을 도울 힘이 없습니다. 지금 이 목소리를 듣고 계신 이유는 아마도 존이 자고 있거나 화장실에 있기 때문일 수 있습니다. 그렇게 생각하는 편이 좋겠습니다. 존이 전화를 받을 수 없게 만드는 무수한 가능성이 있고 그중 한 가지 가능

성은 다른 수많은 가능성에도 강한 영향력을 미칠 수 있는 존의 정신증이기 때문입니다. 그냥 정신증이라 밝히는 까닭은 존의 병명이 사회적으로 위협이거나 환상의 의미로, 동물로 치면 괴물의 의미로 읽히고 쓰이고 있기 때문이지 절대로 병을 부끄럽고 딱하게 여김을 의미하지 않는다는 사실을 알아주시면 진심으로 고맙겠습니다. 그러면 만약 이제 곧 당신이 찾고 계신 존과 전화 연결이 되더라도 어떻게 하면 존으로 하여금 고마움을 느끼게 할 수 있는지 알고 계신 당신은 어렵지 않게 방금 전에 존이 말씀드렸던 말을 존에게 인사의 의미로 건넬 수 있을 것입니다. 이것이 존이 자동응답기를 통해 누군지 모르는 당신에게 전하고 싶은 말의 전부입니다. 삐 소리가 난 이후부터 말씀하세요. 존의 목소리는 여기까지 들립니다.

−닥쳐! 닥쳐 존! 제발 닥쳐! 한동안의 가쁜 호흡. 잘 들어. 지금부터 하는 얘기는 빠짐없이 기억하는 게 좋을 거야. 네게 늘 말하고 싶었지만 말하기 어렵고 곤란했던 말들을 위스키 몇 병 깨뜨린 참에 다 토해낼 작정이니까. 존.

당신에게 친구가 몇 명 있다고 생각해? 너는 모르긴 몰라도 많을 거라고 대답하고 싶겠지. 존. 너는 친구들이 곁에 있다고 느껴? 이렇게 말하면 너에게 어려운 질문이겠다. 너는 친구들이 당신을 보살피고 아껴준다는 감정을 느껴본 적 있어? 너는 있다고 말하겠지. 그러나 나는 자꾸 의심이 돼. 그러고 싶지 않아도 의심이 된다고. 만약 그런 감정을 느껴본 적이 없다면 네게 친구가 있다고 말할 수 있을까? 어떠한 보살핌과 아낌도 받지 못하고 있다는 얘긴데 말이야. 물론 친구들의 잘못일 수도 있어. 너를 그냥 너로 받아들이는 힘겨운 일을 어렵사리 성공하고 파티를 열 능력이 네가 말하는 친구들에겐 없다는 게 잘못이라면 말이야. 존. 네 친구들은 너를 친구라고 생각할까? 내 눈엔 아무도 널 신경 쓰고 있지 않아. 정확히 말해 네 친구들은 널 기피하고 있어. 친구라고 말할 수 없는 거야. 네겐 친구가 없어. 존.

존은 일시정지 버튼을 누른다. 미지근하게 남은 홍차를 몇 모금 마시고 개수대에 버린다. 가운의 주머니에서 폰을 꺼내어 전화번호를 누른다. 번호의 주인은 릭이다.

존. 내 친구. 요즘 어때.

아주 괜찮아. 나 지금 일어나서 제이미가 남긴 첫 번째 이별 선고 녹음테이프 듣고 있잖아. 같이 들을래?

존. 떡 먹고 싶으면 먹고 싶다고 말해. 물론 같이 듣지.

마당에 시간이 갈수록 인기를 더해가는 오래된 연식의 컨버터블이 멈춘다. 릭은 유리 테이블 위에서 조인트를 터질 듯이 만다. 존은 부엌에서 토르티야칩과 과카몰리와 차가운 커피를 쟁반에 예쁘게 담는다. 릭이 불을 붙인다. 한 모금 깊게 마시고 숨을 조금 참더니 넘어가버릴 듯 기침을 한참 토해낸다.

장난 아니잖아. 어디서 구한 거야. 스트레인이 뭐야. 존은 건네받은 조인트를 깊이 빨아들이며 재생 버튼을 누른다.

-왜 너는 친구 관계를 맺지 못할까? 이 질문에 답하려

할 때마다 나는 내 의심을 떠올리곤 내 의심을 의심하게
돼. 내가 틀리게 생각한 걸 수도 있잖아? 하지만 늘 결국
언젠가는 물어봐야만 하는 질문이 있다는 결론을 내리지.
존. 너 혹시 사람 아니야? 이건 모욕하는 게 아니야. 정말
궁금해서 그래. 이렇게 말해도 좋을까. 존. 너를 제외한 세
상의 모든 사람들, 아니야 너와 같은 문제를 공유하고 있
을 수도 있는 임의의 몇몇을 제외한 세상 대부분의 사람들
이 당연하고도 예외 없이 갖고 있는 어떤 중요한 사람의
느낌이 네게는 없어. 그 느낌이 뭔진 모르겠어. 근데 그건
없어도 하나도 티가 안 나는 그런 거야. 이빨의 무늬라고
해보자. 특별한 카메라를 통해서만 관찰할 수 있는 이빨의
무늬가 모든 사람에게 있다면 네게는 그 이빨의 무늬가 없
는 거야. 이빨을 보여줘도 맨눈으로는 그게 있는지 없는지
알아보지 못해. 다만 느끼는 거야. 네겐 있어야 할 것이 없
다는 것을. 너는 무례하지 않고 예의바르고 상냥한 사람이
라는 얘기를 자주 들었지. 너는 어쩌면 정말 좋은 사람일
수도 있어. 사람이라면 당연히 갖고 있어야 할 뭔가가 없
는 생명을 사람이라고 부를 수 있다면 말이야.

존과 릭은 깔깔 웃는다. 웃음이 레코더를 묻는다.

정말 명대사야. 가끔 이 목소리를 생생하게 듣는다고. 잔디에 물 줄 때나 계란 볶을 때같이 전혀 예상하지 못한 순간에 저 목소리로 저 말을 듣는다고. 제이미가 어떻게 생겼는지도 모르는데 말이야!

나도 제이미가 어떻게 생겼는지 몰라. 저때는 알았지.

돌아가는 테이프에 붙은 라벨에 쓰인 연도는 50년 전이다. 존은 갑자기 울컥한다. 존을 바라보는 릭의 얼굴도 천천히 구겨진다.

존. 우린 어떤 경위로 죽든 자연사라고 사람들을 안심시키는 나이야. 어떻게 죽든 이상하지가 않다고. 일어날 일이 일어났다고 생각하겠지. 근데 네가 죽는 상상을 하면 오직 세 경우밖에 생각이 안 나. 테이프를 듣기 전에 죽거나 테이프를 듣는 중에 죽거나 테이프를 다 듣고 죽거나. 그게 안 좋다거나 슬프다는 얘기가 아니야. 그냥 잘 어울리는 죽음이라는 거야.

존과 릭은 깔깔 웃는다. 바보야. 다 같은 경우잖아. 존은 웃겨서 흘린 눈물을 훔친다. 조인트를 빨고 과카몰리칩을 씹는 존과 릭을 배경으로 하단에 하얀 자막이 올라온다.

웃어넘기게 만들어줍니다.
기억할 수 없는 일을 기억할 수 있게 합니다.
당신의 트라우마가 창문을 두드리는 동안
대마초는 당신을 재워드립니다.

두 눈이 반쯤 감긴 릭이 묻는다. 존. 이거 종자가 뭐야. 어디서 샀어. 얘기 좀 해줘.

존이 대답한다. 안동 떨. 존의 목소리가 반복되며 크게 울리면서 화면이 전환되는 순간 나의 연기가 시작된다. 내 직업은 성우다. 대사에 맞추어 설명적인 영상이 얹힐 것이다. 그리고 각종 자막들이 깔릴 것이다. 영어권 국가에선 영어 자막이 올라갈 것이고 스페인어권 국가에선 스페인어 자막이 올라갈 것이다.

대한민국의 대마초 역사는 고조선부터 시작됩니다. 그 시대 삼베옷이 발굴되었기 때문입니다. 사람들은 어떻게 삼베로 옷을 짜는 법을 알아낼 수 있었을까요. 생긴 것만 봐서는 '그래, 이 아름답게 생긴 식물로 옷을 짜면 튼튼하고 아주 좋겠어.'라고 생각하기 어렵지 않나요? 대마초를 피우는 게 먼저였을까요. 삼베옷을 짜는 게 먼저였을까요. 태우고 자르고 변형하는 온갖 귀찮은 과정을 굳이 다 시도하게 만든 동기는 과연 좋은 옷을 만들겠다는 목적뿐이었을까요? 조선시대의 그 흔한 흡연 도구들이 과연 광해군 때 처음으로 유입된 담배만을 위한 물건들이었을까요? 대마초의 역사 반만 년! 호랑이도 곰방대를 무는 나라 대한민국의 대마초 수도는 단연코 안동입니다. 그리고 안동에서 늘 최고의 디스펜서리로 손꼽혀왔던 안동 떨! 안동 떨의 싱싱하고 향기로운 꽃을 집 문 앞으로 배달해드립니다. 세계 그 어디든지.

주의 깊게 듣지 않으면 전혀 알아차릴 수 없을 정도로 중얼거리던 제이미의 목소리가 또렷해진다. 띄엄띄엄 단어들이 점점 붙는다. 배경음악이 잔잔해지다 멀어진다.

-마지막으로 하고 싶은 말이 있어. 존. 너는 지금 내가 아는 사랑의 전부야. 이 사실은 변하지 않을 거야. 기억해 주면 좋겠어.

　재생 버튼이 제자리로 돌아간다. 돌아가던 테이프 릴이 멎는다. 라벨을 자세히 보면 굵은 연도와 달리 흐릿하고 앙상한 문장도 있음을 알게 된다. 그것이 아마도 이 테이프의 이름이다.

네가 제일 좋아한다는 노래

뭐가 보이는 것 같아
섣불리 떠올린 이름으로 어깨를 두드렸는데 돌아보며
눈을 맞추는 어린 개가
닮아내야 하지만 지금은 닮아낼 수 없을 모양의 자장을
입가에 잔뜩 묻히고 내 마음대로 해독하고 싶은 암호문을
음악처럼 흘리는 어린 새가

낮과 밤을 통과하며 남긴
길이나 길 바깥의 흔적과 흔적의 사이를 잇는
빛의 선이 미끄러지며 그려나가는 세계지도가 결국
멈춰버리고 마는 순간의

침묵
꼭 깊은 웅덩이의 바닥 같은

암전된 극장을 압도적으로 불사르는 노랑 조명
지금까지 나를 울게 하고 웃게 하던 사람들이 우르르
쏟아져 나와

서로의 손을 잡고 고개를 여러 번 숙이고 있는 것 같아

잘 가요
고마웠어요

앞으로 우리는 우리로 만날 수 없을 거라는 틀림없는
약속의 의미가 서로가 서로를 있게 하고 있었다는 사실을
알게 하는 것 같아

그런 음악 같아
이런 게 세상에 있었구나
처음 보는 거라서 아직은 잘 모르겠지만

지금 나는 이것을
너라고 부르는 것 같아
마치 너 같은 게 보이는 것 같아

연무

꾸벅꾸벅 졸고 있는 것처럼 보이지만 절대로 아닌 긴
머리의 남자는

알록달록 돗자리의 잔디 언덕을 보다 고개를 꾸벅꾸벅
떨구기 시작했지만 절대로 졸고 있는 게 아닌 긴 머리의
남자다 그는 지금

카나비스컵의 심사위원으로서 세계 각지에서 온 각양
각색의 떨들을 맛보는 중이다
    하나의 조인트를 맛보면서 하이가 어떻게 오는지 표현
할 수 없지만 그럼에도 불구하고 발버둥치는 시를 쓴다
    그는 막 열두 번째 조인트를 피웠다
    그는 완성된 시를 읽는다

보여줘

걷다 보면 솜사탕 수레가 나타나는 길을

갈림길이 나타나면 꼭 한쪽을 선택하게 하는 길을

매미가 이글이글 우는 날이면 떠올리는 레모네이드를
파는 아이를

한 손에 레모네이드를 쥐고 언덕을 넘으면 보일 파랗게
고요해서 구름이 비치는 호수를

뜨거운 오리보트 선착장에서 하나를 골라 타고 페달을
밟으며 드러날 너의 앞니를

그는 눈을 감고 꾸벅인다 물론 조는 게 아니다

그는 확신한다 이번 열두 번째 떨이 우승이라고

열한 번째에 확신했던 것만큼이나 강한 확신이다
열 번째에 그랬던 것만큼이나 확고하다
아홉 번째 그랬던 것만큼 완고하다

여덟 번째나 일곱 번째에 그랬듯

여섯 번째나 다섯 번째도

네 번째 세 번째도

두 번째도

물론

새 접시에 열세 번째 조인트가 담겨 나오더라도

그것을 쥐고 불을 붙이고 깊숙이 빨아들인 뒤

거세게 기침과 웃음을 한바탕 쏟아내고

이거야

시를 쓰게 하는 순간들은 계속될 것이다

저항할 수 없도록 포근한 졸음에 휘감겨서

더는 연기도 시도 없는 세상에서 눈을 뜰 때까지

알록달록한 잔디 언덕이 보이는 것 같네

긴 머리의 남자는 강 저편을 보면서

꼭 꿈꾸는 것 같다고 생각한다

오리보트는 출렁이고

내일

　우리의 여행은 끝납니다 기념품 가게는 뒤편에 보이는
건물 중 오른쪽입니다 함께해주셔서 고맙습니다

　박수를 친다 박수 없이는 용서하기 어려울 시간이었다
한 모금의 물이 절박하면 한 모금 물을 마시고 잠깐의 단
잠이 간절하면 잠깐 자면서 여기까지 왔다

　서로의 두 손을 맞잡고
　대화를 나누던 두 사람이
　서로의 두 손을 놓아주고
　멀어지기 시작하고 나서야
　여행을 함께했던 이들이 모두
　풀밭을 떠났다는 사실을 알게 된다

　한 무리의 사람들이 줄을 지어 풀밭으로 온다
　모자와 안경을 쓴 사람이 말한다
　우리의 여행은 끝납니다 기념품 가게는 뒤편에 보이는
건물 중 왼쪽입니다 함께해주셔서 고맙습니다

풀밭 위의 사람들이 여행이 끝났다는 사실과 여행에서
맺은 관계는 여행에서 맺은 관계라는 사실을 받아들이는
과정을 본다 언덕 너머에서 한 줄의 무리가 다가온다

기념품을 사야겠다
집으로 돌아가야겠다
지나왔던 숱한 도시들의
팔찌나 인형 같은 것들을 몇 개 사고
자동차 유리 위의 두터운 먼지를 닦아낸다

이곳은 풀밭이 넓고 싱싱하구나
기념품 가게들도 많고 말이야
주변을 둘러보면서

어둡고 한산한 거리를 느리게 굴러간다

아포칼립스

멀어졌습니다
컴퓨터 앞의 남자가 말했다
이제 지켜보는 수밖에는 없겠군
커피를 마시는 여자가 말했다
하느님이 도우시기를
모두의 마음이었다

거대한 화면 너머 막 지구를 떠난 우주선이 지구로부터
멀어지고 있다 우주선에는 달도 조각낼 수 있을 핵무기가
실려 있다 이제 우리 어디로 갈까 마츠오카가 말한다 빅토
르는 웃는다 폭탄 전문가와 파일럿 오직 두 사람이 탑승한
우주선의 임무는 앞으로 24시간 뒤면 지구의 모든 생명을
멸종시킬 수 있을 크기의 운석을 파괴하는 것이다

마츠오카의 경우 세상 따위는 어떻게 되어도 좋겠다는
마음이어서 지원할 수 있었던 폭파 임무였다 빅토르 또한
마찬가지였고
마지막 인류로 죽자 그런 사랑의 맹세를 나누었던 임무

전날 밤의 추억은
두 사람을 지구로 떨어지는 돌로부터 멀리 데려간다

우주식 파티를 열던 두 사람은 마츠오카의 손가락에 늘 끼어 있던 반지가 없다는 사실을 발견한다
절대 잃어버리거나 잊어버리면 안 되는 소중한 반지를 화장실 세면대에 두고 가져오지 않은 것이 틀림없다

이제 살아나가는 수밖에 없다 운석을 부수고 돌아가는 수밖에 없다 화장실부터 가서 반지가 있는지 없는지부터 확인해야겠다 유실물 센터에 물어봐야 할까 그런데 우주 항공기지에 유실물 센터가 있었던가

빅토르가 엉망진창으로 취한 사이
우주선은 운석으로 날아간다

그리고 그들은 세상의 종말을 창문 너머로 바라본다
들리지 않는 모든 생명의 비명 소리가 들려온다

이제 우리 어디로 갈까 빅토르가 말한다

마츠오카는 운다 빅토르도 운다

둘은 부둥켜안고 운다

둘은 마지막 인류다

꿈이 싸우듯이

있는 그대로 보기 위해선 용기도 필요해
어쨌든 눈을 떠야 할 테니까

실수로 세상이 찢어진 것 같네
벌어진 틈에서 터지고 꺼지는 숱한 빛만큼
무수한 새 떼가 윤슬 속에서 지저귀는 것만 같네

다섯 개의 벤치 그중 하나
등받이에 걸쳐 졸던 패딩 할머니는 이제 아예 누웠고
물결 위론 영혼의 기름이 떠 있는 것 같다
불이라도 붙은 것처럼

한강을 가로지르는 열차 창문의 밤이면
뭐든 삼킬 것처럼 출렁이는 컴컴한 물에 빠지고서도
삼켜지지 못하는 온갖 불빛이 서울 같았다
다짐하곤 했지 싸워야 한다고

옆 벤치에 할아버지가 앉는다 배꼽의 카세트는 아마도

전쟁 근처의 트로트를 구불구불 뽑아내는데
　역시 천국이 좋지요?

　물어본 건지 괜찮으신 건지 모르겠어서 우물거리는 사이
　난간에 기대어 푸시업 좀 하고 박수 좀 치고
　할아버지는 멀어지는 중이다 어느새
　할머니도 없다

　내가 어쩌다 여기 있는지 영문을 알 수 없다는 결론을
　내리는 동안 지금은 우유처럼 침착한 날이라는 진실만이
　선명하다 오리가 가르는 물살은 꼭 천사의 날개처럼 뻗어
　나가고 하나도 안 춥고

　여긴 천국인 걸까 정말
　질 것 같지 않게 타던 천국의 해가
　새빨갛게 아파트 벽 너머로 식어버리고
　다리 위로 열차가 지나가네
　여러 개의 창문 그중 하나

재처럼 슬픈 눈빛이 부딪치네
그 또한 터널 너머로 넘어가버리고

그제야 나는 돌아가 덮혀야 할 몸이 있다고 느낀다
물을 부어 남은 카레를 다시 끓여 먹고
이불과 눈을 덮어야지
여기가 천국이라면 오래 살아야지

기억의 책

요즘엔 뭘 읽어요
그런 안부를 묻고 싶은 사람들의
근황이 문득 궁금해지는
흐린 겨울

차가운 라테 한 잔 홀짝이며
담배 한 개비를 다 피울 골목을 걸어
집으로 돌아오면
갑자기 이 모든 게
길게
길게 느껴지는 것이다

저는 읽던 것을 다시 읽어요
돌아서서 걷는다고
왔던 길을
다시 걸어보겠다고 말해야지

한때는 나를 만들어낸 목소리로 알았으나

나를 걷게 하는 목소리였던 목소리를
왜 그렇게 밤이면 펴들고 읽었는지
그 이유를 알아보면 아마도
어째서 내가

꿈까지도 기억이라는 믿음을
그래서 몇 번 죽어봤냐는 말이나
하늘은 날아본 적 있냐는 말을
진담처럼 받아들이게 하는 힘을
갖고 있는지 알게 될 그런 책을
읽고 있다고

그만해도 좋아

너는 아무것도 먹지 않기로 했고 그렇게 했어
그래도 좋다는 허락을 받은 기분이어서

어느 쪽에서도 열면 안 되는 문 뒤에 누워서
움직일 수 없는 기분이 움직이지 않으니까 좋은 기분이
될 때까지
받아들이고 있었지 이를테면

여태까지 없었으면 좋았을 것이라고 여겨왔던 일들이
모두 있어야만 했던 일들이었다는 진실을
그러지 않았다면 죽고 싶거나 살고 싶지 않다고 느끼던
밤과 낮을 지나 더는 살아가지 않아도 괜찮겠다는 확신을
느끼는 지금으로 무사히 오지 못했을 거라는 진실을
이러한 확신을 가질 수 있게 기여한 네가 알고 싶었던
사람들이 알 기회를 허락하여 주고받았던 버거운 저주의
말과 몸짓들이 실은 다 축복이었다는 진실을

그리고 지금 너는

감은 눈을 덮는 햇빛을 잊고
희미해져가는 새소리를 잊고

다른 눈을 뜨고 다른 귀를 열어서
나를 보고 듣게 되는 순간
알게 될 진실을 예감하고 있어

나는 너를 알기 위해서 너를 알고 있다는 거
오직 그걸 위해 내가 여기 있다는 거

줄곧 부탁했던 거 알고 있어
괜찮아 그만해도 좋아

어서 와
돌아온 걸 환영해

핵꿈

인도가 따로 없는 주택가 도로에 쏟아지는 폭우

젖으면 속상하게 손상되는 운동화를 신고 걷는 골목
떨어지는 하나의 빗방울에 비치는 정원수 전신주 분리
수거 쓰레기통 따위가
정지한 것처럼 천천히 일렁이는 모습을 보면서 그는
안간힘을 다해 걸음을 옮기는 중이다

허우적거리기엔 얕지만 밟으면 운동화의 겉면을 지나
잘 벗겨지지 않을 양말을 적실 수위의 강줄기를 뛰어넘는
한 번의 도약

마치 알바트로스
그보다 아득한 공중 체류

슬로모션 꿈이로군 무섭다
다시는 걷지 못할까 봐
다들 나를 잊겠지

편도 탐사선

눈을 뜨지 않아도
나는 여기 왜 있는 것인가 알 수 없다면
어째서 기억되는 꿈은 다 악몽인가 묻게 된다

이유: 끝날 것 같을 때 어김없이 끝나버려서

이번 꿈도 그러겠지 다음 꿈도 그럴 거고
이러한 흐름은 이러한 흐름의 끝을 향해 흐른다
그것은 아직 꾸지 못한 꿈

　꿈의 바닥을 파 내려가거나 꿈의 수면에 뛰어들어 가라
앉거나 꿈의 바깥을 향해 떠오르거나 어떻든 지나갈 꿈을
지나면 지나갈 꿈을 꾸며 "앞으로는 영원히 꿈꾸지 않아
도 좋아." 허락해주는 끝없는 꿈의 끝을 향하는 꿈을 꾸는
중이다 말하자면

핵꿈
모두라고 말하면 모두 전부라고 말하면 전부
그들이 꾸는 꿈을 이루는 꿈
일단 꾸게 되면 결국엔
꿈을 끝내버릴 꿈
핵꿈

                                              유
                    잠깐 멀리 다녀오신 모양이군요

눈을 뜨고 그는 기억한다
그는 미다

미
(우리는 기분이 좋아지는 연무를 마시고 뱉으면서
내가 여기 왜 있는가 고민에 빠져 있었지)

미와 유가 앉아 있는 방은 흐린 날의 빛으로 어둡다

미

멀리 왔어요 나도 멀리 왔지만

당신은 더 멀리 간 것 같습니다

유

그러게요 가끔은 모든 게 멀어 보이기도 합니다

아침까지만 해도 먼 나라의 전쟁 소식에 온갖 안 좋은 장면들로만 만들어진 미래를 기억하는 탓으로 우울했던 미는 웃는다

어제까지만 해도 선지자의 3차대전 예언을 헛소리로 알며 살아왔던 자신의 어리석음을 깨닫는 바람에 슬펐던 유는 웃는다

구름이 미처 틈을 흘린 사이 유와 미의 얼굴로 햇빛이 든다 환하게 물든 창문을 가리는 커튼은 간혹 울렁인다

긴 침묵이 이어지는 동안 천장 무대장치에서 내려오는
화면은 총과 미사일 따위로 무장한 동물들이 전차나 헬기
같은 기계들을 박살내는 장면으로 구성된다

잠수함을 구기는 고래의 꼬리치기를 마지막으로 무대
는 어둡다 화면이 폭발음을 극장에 울릴 때마다 번쩍 빛이
훑는 관객석은 오직 한 자리를 제외하곤 비었다

그 자리의 김은 기분이 좋아지는 연무를 마시며 감자를
씹는다 감자는 눈물로 축축하기도 안 축축하기도 하다
그런 연극을 보고 있다 눈을 감고

기억해낸다 나는
세관 직원이다 나는
방금 전에 손가락을 빨았다
꿀로 적신 다디단

환상적인 세계를 말하자면 이 세상의 진실을 보여주는

바람에 여태 이 일을 하면서 지내온 슬픔들이 허망한 것이
었음을 알게 하는 시선을 보여준 맛을

언제까지고 기억할 수밖에 없겠지

나는 뚜껑을 닫고 조용히 꿀병을 상자 안에 넣는다

나
통과
그냥 꿀이야

달기만 해

달콤한 인생

달다

마츠오카는 놀란다

놀랍다 이렇게까지 달콤한데도 전혀 이가 시리지 않다니

빅토르와 민영과 패트릭도 놀란다

이가 시리지 않은 것도 모자라 사랑하는 사람들과 해안 펜션에서 돼지와 소의 살점과 갑각류를 구워 먹으면서 온갖 종류의 술을 비워버려서 완전히 의식을 잃었다가 눈을 떴을 때 누구도 지난밤을 전혀 기억하지 못했던 아침 해장을 위해 끓였던 매운탕이 주는 개운함까지 있다니

달다

너무 달아서

마츠오카는 무섭다

그사이 모두들 외계 지성에게 납치를 당했다가 모종의 실험 이후 풀려난 뒤 딱 어젯밤 기억만 날리는 광선을 쬔 게 아닐까

무섭다 이렇게 달면 앞으로 어떻게 살아가야 한단 말인가

빅토르도 무섭다

아니다 그들은 평행우주에 살아가던 기존의 우리를 살해하고 숨긴 후에 이곳에 우리를 풀어주고 기억을 지우는 약을 먹인 뒤 고향별로 돌아간 것이다

무서워 지금이 아니면 다시는 느끼지 못할 달콤함이라서

민영 또한 무섭다

아니다 우리는 그냥 술을 마시고 급성 알콜성 치매로 기억을 잃었을 뿐이니 침착하게 어제 있었던 일을 기억해보려고 애를 써보거나 아니면 어디 콘돔 같은 것이나 뭐 그런 것들이 있을 법한 곳을 뒤져보고 안심할 수 있으면 집으로 돌아가자고 말하는 패트릭은 실은 전부 기억하고 있으며 그럼에도 불구하고 아무 말도 더하지 않고 있다

패트릭 물론 무섭다

너무 달아서

달다

마츠오카는 고개를 젓는다

빅토르는 고개를 젓는다

민영은 고개를 젓는다

패트릭은 고개를 젓는다

동시에 등을 돌린다

문을 열고 나간다

파란 여름 바다

파도 소리

막대한

빛

괜찮아요 주세요

쓰레기를 묻어 쌓은 언덕의 억새밭에서 어떻게든 나를
쏟아내 보려고 악을 쓰던 겨울밤이었다
쓰라린 목에 침을 바르던 어두운 숲길에서 경광등만 켠
경찰차가 조용히 곁을 지났다
만약 차를 세우고 이런 시간에
이런 곳에 있냐고 묻는다면 대답하려고 했다
고통이라는 것을 이해하기 위해 여기까지 왔다고

나를 볼 수 없는 곳으로 가야 내가 살겠다 싶어서
밴쿠버에 내려 제복 백인에게 말했다
난민입니다 나는
내가 어떻게 되는지 관심이 없습니다

공항 유치장
수갑 차고 앉은 수술대 위 진료
모포로 돌돌 감아도 피가 식던 구치소 이층 침대

노래라도 불러야 견딜지 모를 무서운 얼굴의 그림자가

뭐라고 말이라도 했다면
    왜 지금 네가 여기 있는지 아냐고 물어보기라도 했다면
대답했겠지 고통이라는 것을 이해해보려고 결국 여기까지
와버리고 말았다고

    버릴 것을 버리려고 건너던 새벽 동작대교
    맞은편 굴뚝의 연기만 숨 쉬는 폐쇄 병동의 창문
    아지랑이가 피어오르는 대마밭에 누워
    버릇처럼 말해왔다
    고통이라는 걸 이해하기 위해 여기까지 왔다고

    누구든 모르는 사이 나를 다 말해버리면 그때부턴
    아무래도 좋겠지 싶었던 망상 속의 꽉 찬 빈 노트처럼

    고통이 모르는 사이 고통을 다 말하고 나면
    그때부터 고통은 아무래도 좋겠다 싶을 테고
    나는 아무래도 좋을 고통을 바라볼 수 있겠지

압도적인 파도나 돌덩이가 덮쳐오는 중에도 눈을 감은
고통이 짓는 미소의 곡선이 보게 하겠지 그때 기쁨이었네
그때도 그다음도
그때까지도 기쁨이었으니 여기까지도 기쁨이다

그러니까 언제든 지금부터 너를 본다 나는
너를 알기 위해 여기 있으니까
보이는 데까지 와줘

숨

리듬이다
흐르면 울렁이고 멎으면 마른다

모습은 어떤지
어디서 오고 어디로 가는지
따라가면 막을 걷어내고 보는 창밖이다

마음이라 부를 것이 있을 자리로
손을 뻗어 더듬어도 알 수 없는 그것이
알 수 없게 되는 과정은 지금 어디냐는 전화를 받고
여기라고 여기 아니면 어디겠냐고 되물어보는 사실이다

사실:
1. 꽃 한 송이가 익기 위해 필요하지 않은 존재는 없다
2. 없으면 좋을 과거는 없으므로 기억은 어떻든 귀엽다
3. 가장 사실적인 사실은 다른 모든 사실을 알게 하는
사실이다

살아가면 벗어날 수 없는 밀물과 썰물의 그물에 걸렸
구나

누가 퍼덕거리면 그물이 출렁인다
눈을 감고 흔들리는 느낌
들숨과 날숨

노을 지는 해변의 해먹
누운 사람은 없고
바람이 지나는
따뜻한

굳이 오지 않아도 좋았을 곳

단 한 번도 선택한 적 없는 파도가 넘어진다

떠밀려온 것 같지만 바로 그 자리를 적시기로 작정한
듯 다른 모습은 불가능한 문양으로 모레사장에 스민다

물기가 흐려지는 동안 피는 거품의 헤아릴 수 없는 들
숨이 찰나의 보폭으로 날숨을 향해 걸어가는 과정
그 아찔한 폭발 사이 구멍을 파고 매끈한 눈을 닦거나
혀를 흘리는 단단한 껍데기 너머의 영혼들이 있다

그는 그런 해변에 누워 있을지도 모르겠다 그러니까 그는

물의 종류라고 배우기는 배웠지만
고개를 끄덕이기엔 너무 태연하게
지나치게 아득한 높이에서 이루어지는
뿌옇게 느린 속도 혹은 새하얗게 빠른 속도의
온갖 동물 두상들이 어쩔 수 없다는 듯
해를 삼키고 해를 뱉는 순간마다

가지와 나뭇잎들이 가리지 않은 흙 위로 깜빡
깜빡이며 앉았다가 떠나고 다시 돌아왔다가 물러나는
일렁이는 빛의 그늘에 누워 있는 것이나 다름이 없다

전부가 빛에 잠긴다면 그는 그가 아닐 테고 그 무엇도
아닐 테고 그저 빛일 테니까

이렇게 말하기로 한다
그의 일부가 빛을 쬐고 있다
눈을 감고

빛을 보면 빛이 비치는 세상을 조금 더 볼 수 있게 눈을
지킬 수 있으며 눈을 뜨고
빛을 보면 빛이 되어버리는 세상만이 남는다

가을 플라타너스 가로수의 떨어지려고 가벼워지는 잎
들이 일출부터 일몰까지 부르는 노래

그 노래를 이루는 진언의 흐름이 그의 어딘가를
어딘가로만 이루어진 그의 어딘가들을 지나면서
알든 모르든 그를 바들바들 떨게 하고 있다 왜냐하면

빛이
그것을 마시는 나뭇잎이
그곳에서 흐르는 빗방울이
지나왔던 뿌리와 줄기가 밀어 올려 피운 꽃이
지고 난 자리에 맺히는 통통한 열매들이
그 달콤한 세상에서 꺼내는 이빨들이
으스러지는 부리 너머의 어둠이
빛을 밝히면 펄떡이는 새빨간 속살이
뭐라고 하는 것인지 알게 되어버릴 것만 같아서

피부 밑 어둠 속으로
비치는 핏빛 햇빛이 밀려들 때
혈관을 흐르는 지금까지 있어왔던 모든 것

지금을 이루는 모든 것
그중 하나

단 하나의 그가 몸서리를 치면서 중얼거리는 기쁨의 주문
그 말을 듣고 있는 것 같아서

그는 어디에 있든
해변에 있든 숲속에 있든

손목이나 목덜미만 덥힐 수 있는 비좁은 창문의 비좁은
방 침대에 누워 있든 간에

아 여기 오지 않았으면 좋았을걸
무심코 중얼거리더라도 절레절레 고개를 흔드는 것이다

단 하나의 그가 고개를 저을 때
단 하나의 그를 이루는

단 하나의 그들이 고개를 젓는다

거품처럼 일어나고 거품처럼 터지면서

사일런스

데리러 올게
너는 닫히는 문 너머로 들어갑니다 문이 닫히면서
새와 종이 멎고 이곳은 조금 어두워집니다
돌아보면 아이들은 너를 잊고
놀이의 의미를 찾느라 잃느라 여념이 없습니다

하나를 이루는 소란: 우리는 왜 여기서 놀아야 하는가

여기선 친구와 싸우지 않아요 모두
사이좋게 지내요 누구든 친구가 되는 세상에서
쓰러져도 볼모가 되지 않는 애나 도망쳐도 쫓기지 않는
애는 무궁화 꽃의 피고 짐에 관하여 무심해지기를 바라고
손끝만 닿아도 녹을 얼음 속 아이는 굴리던 눈과 입을
감아도 조용해지지 않는 이유를 알아봅니다

그래도 사실은 다들 햇빛을 좋아하게 되어 있습니다
그렇게 생각하면 기분이 좋아져서 맑고 코가 간지러운
날에 강변을 따라 걸으면서 놀 수 있습니다 터진 음식물

쓰레기봉투에 모인 새들과 물고기들을 중심으로 번지는
파문을 쫓느라 멈추기도 합니다 근사하네

　희망: 좀 더 놀고 싶은 마음

　오래된 것 같은데 이제 집에 갈 때도 된 것 같은데 집이
기억나지 않고 집으로 데려갈 너도 누군지 잘 모르겠는데
　여전히 창밖은 눈부시고 실내는 점점 침침해지며 결국
컴컴할 겁니다 다들 돌아갔고 끝내는 문이 열리겠죠

　내민 손을 잡고 예의상이더라도
　다음에 또 와도 되냐고
　웃어보려고

　나는 노래를 연습합니다
　귀를 기울일 때 흐르는 고요는 듣기 좋고
　등 뒤의 소란은 애들을 이루고 있으니까

스스로 가둔 얼음을 스스로 벗고 나가서
잠깐의 음악이 되어보려고 합니다

오늘은 뭐했어? 물어보면
오늘은 노래를 배웠다고 너에게 말해줄 겁니다

나랑 여기 있자

난 알고 싶어
돌이 날아오고 있다면
아주 오래전부터
그러니까 수술실의 섬광
따뜻한 어둠
엄마 아빠의 입학식
할머니 할아버지의 피난길
어떻게든 이어져온
피의 오솔길의 초입이
보이지 않을 만큼 먼 곳
짜고 차고 조용한 물속
떠다니는 기분
그보다도 먼저 출발해서
어디에도 부딪치지 않으면서
오랫동안 줄곧
여기에 도착하려고
어둠을 가로지른 돌이 있다면
그것이 하늘을 찢을 때

뜨겁게 빛나는 꼬리가 어떻게 나부끼는지 보고 싶어

어떤 노래를 지르는지 듣고 싶어

그것이 내가 사랑하는 세상과 만나서

이룩하는 낯선 사랑을 알고 싶어

바닷물이 덮쳐오면

높은 데로 가면서

입김이 얼어붙으면

바람을 마셔 불을 지피면서

끝까지

끝까지 다 알고 싶어

그때가 오면

네가 어떻게 떠는지

네가 어떻게 우는지

네가 어떻게 기도하는지

네가 완성할 시

듣고 싶어

그러니까 나랑 여기 있자

지금부터

엔딩 크레디트의 보살

이렇게 된 이상
신이시여
놀아봅시다

각오를 다지는 순간 나는 나를 벗어나 위로 치솟으며
주먹을 불끈 쥐고 굳은 채로 축소되는 내게서 고정한 초점
을 놓치지 않는다

그렇게 나는 마침내 영업이 끝난 24시간 연중무휴 김밥
집의 간판이 꺼지듯 사라지고
　나는 사라졌지만 그럼에도 불구하고 내가 어쩔 수 없게
멈췄다는 여운을 스스로 끼얹어야 하는 내가
　엔딩 크레디트를 읽으며 이름의 비를 맞는다

　없는 계단╱
　어느 골목길╱╱
　의외로 처음 보는 근사한 몇 개의 별╱╱╱
　격심한 영혼의 질식╱╱╱╱

처음부터 너구나 싶었던 단짝////
멍든 아침
⋮

　잠이 안 온다는 이유로 영하의 미끄러운 새벽 골목길을
차근차근 걸어 GS25 맥주 냉장고를 마주하고 탈진한 듯이
축 늘어져 있다 별안간 불끈 구겨지는 손가락 열 개

　딸랑 종소리를 내며 들어온 엔딩 크레디트의 보살께
서 파카의 후드를 걷으며 말씀하셨던 것 같다 여기까지다
　둘러보면 손님이라곤 나만 있는데 중얼거린다
　여기까지다 이렇게 된 이상

　놀아봅시다
　신이시여
　주문처럼 외웠다

　확실하게 혼자 있는 곳에서 보고 듣고 싶지 않은 나를

보고 들어서 권총 모양 중지검지로 목구멍을 긁을 때
　　너무 시끄러워서 종일 최대 볼륨 헤드폰으로 귀를 덮고
있다 벗고 저녁밥을 씹으면서 듣는 이명이 천지 와이파이
때문이라고 생각될 때
　　놀아보자고 우린 지금 놀고 있는 거라고

　　분명 듣고 있을 텐데
　　부탁해도 놀아주지 않아서
　　멋대로 놀아버리기로 결심했다

　　좋아 전능 양반 지금부터 나의 말은 나에 관한 당신의
내레이션이다 소리 없이 호기롭게 최호프는 눈을 감는다
　　잊을 만하면 지나가는 고래처럼 창문을 지나는 사이렌
꼬리가 귓구멍으로 흘러들어와 꿈으로 이끌고

　　최호프는 놀란다 갑자기
　　놀랍다 「이렇게 잘 만들어놓았다니
　　두 손 이것이 나의

움직이는 대로 움직이는
사는 대로 살고 죽는 대로 죽는

식물들 꿀꺽꿀꺽 흙을 적시며
되돌아가고 되돌아올 지하수
어지러운 공기 속으로 뜨겁게 흩어지며 반짝거리네」

이럴 수가 최호프는 호스를 쥐고 그을리는 동안 알게
된다 어떤 이유에선지 나는 지금 농부인 것 같다 아무도
몰랐던 것 같다 내가 농부인줄
　「누가 알았겠어 나도 몰랐는데 방금 알게 되었는데
　햇빛은 정말로 아름답네 안다고 알았는데
　몰랐네 새삼스럽게 햇빛을
　울컥울컥 마시는 식물의 기쁨을 알 것 같네

　눈이 없어도 눈이 멀 것 같은 눈부신 여름」
　귀가 없어도 귀가 먼 것 같은 고요한 겨울

식물의 눈으로 보는 무지개 하늘에서 내리는 빗방울들
마치 여기서 뿌리를 적시도록 돕는 모든 존재의 이름들로
쓰이는 엔딩 크레디트
　읽고 부르다 최호프는 최호프를 잊는다

　빗방울 중 하나
　얼굴을 보면 엔딩 크레디트의 보살님

　다음이 있든 없든 어쨌든 지금이다 싶을 때
　바로 여기다 싶을 때 내게서 벗어나면
　지금까지 지금을 완성하는 이들의 이름들이 흘러내린다

　엔딩 크레디트의 보살께서 말씀하신다
　여기까지다

⁄ 있어야 할 자리에 **없는 계단** 때문에 놀라서 쓰러진

∥ **어느 골목길**에 누워 찾아들어야 걷겠다 싶은 갈라진 종아리뼈의 통증을 뱉어내려 몰아쉬던 숨

∥∥ 다시는 술을 마시지 않겠다 다짐했었지 그때 **의외로 처음 보는 근사한 몇 개의 별**은 다시 볼 일이 없었다

∥∥∥ 마치 **격심한 영혼의 질식** 속에서 짜내어 기도를 바치듯

∥∥∥∥ 간밤에 내가 울며 이별을 간청했다는 내용을 포함한 **처음부터 너구나 싶었던 단짝**의 이메일을 읽으면서 잃어버린 밤이 하나는 아니겠구나 싶었던

부록

『시도시도』는 이렇게 쓰인다

시를 쓰다 보면 시가 안 써지는 때가 있다. 시가 안 써지는 때는 시를 쓸 수 없는데 그런 때가 계속되면 시가 안 써지는 기간이 되기도 한다. 그러면 그 기간 동안은 시를 쓸 수가 없는 것이다. 이것은 시를 쓰지 않는 사람에게는 아무런 문제가 아니지만 시를 쓰는 사람에게는 심각한 문제인데 왜냐하면 시를 쓰는 사람이 아니게 되기 때문이다. 그렇다면 그는 누구인가? 그는 시를 쓸 수 없는 사람이다. 시를 쓸 수 없는 사람은 한때는 시를 쓰는 사람이었다는 이유로 다시 시를 쓰는 사람이 되고 싶은데 그럴 수 없어서 고통받는다. 고통의 원인은 분석하자면 다양하게 따져 볼 수 있지만 가장 주요한 원인은 스스로가 시를 쓰지 않는 사람과 분간하기 어렵게 돼 버리는 것에 있다. 시를 쓸 수 없는 사람이 시를 쓰지 않는 사람을 싫어하는 것은 아니지만 시를 쓰지 않는 사람이 되고 싶지는 않다는 이유로 시를 쓸 수 없는 사람은 이러다가 시를 쓰지 않는 사람이 될까 봐 무서운 것이다. 상황이 이렇다 보니 시를 쓸 수 없는 사람은 시를 쓰는 사람이 되기 위해 무슨 수든 써야 하는데 최선의 방법은 시를 쓰는 것이다. 그러면 의심할 것도 없이 시를 쓰는 사람이 되기 때문이다. 다시 시가 안 써지는 때가 찾아오고 오래 계속된다면 다시 시를 쓸 수 없는 사람이 되고 심지어는 시를 쓰지 않는 사람이 될지도 모르지만 어쨌든 다시 시를 쓰는 사람이 될 수만 있다면 그러한 위험은 기꺼이 감수할 수 있는 사소한 위협에 지나지 않는다. 하지만 최선의 방법은 실천하기가 까다로운 편인데 왜냐하면 시를 쓸 수 없는 사람은 시를 쓸 수 없는 상태에 놓여 있기 때문이다. 물론 시를 쓸 수 없는 사람이 시를 쓰는 사람이 되기 위해서는 반드시 시를 써야만 하겠지만 당장의 시를 쓸 수 없는 사람에겐 시를 쓰는 일이 숨이 막히고 가슴이 답답할 정도로 요원하게 느껴질 수 있다는 점은 고려되어야만 한다. 그렇다면 어떡한단 말인가? 한때 시를 쓰는 사람이었지만 불행히도 시를 쓸 수 없는 사람이 되어버린 사람은 어떻게 해야 다시 시를 쓸 수 있는 사람이 될 수 있단 말인가? 이와 같은 문제는 시가 시작된 이래("빛이 있으라.") 시를 쓰는 자들 사이에서 피할 수 없는데 즐길 수도 없다는 이유로 중요하게 다루어져왔다. 따라서 최선의 방법을 실행하기 위한 여러 방법들이 고안되고 적용되어져왔으며 이를 통해 다시 시를 쓰는 사람이 된 사람들의 감격한 성공담은 찾아보면 읽을 수 있는 자리에 있기 마련이다. 이와 같은 최선의 방법을 위한 가지각색의 방법들을 총칭하여 차선의 방법이라 부른다. 앞서 알아본 바를 간략히 정리하자면 한때 시를 쓰는 사람이었으나 시가 안 써지는 때가 찾아오고 지속되는 바람에 시를 쓸 수 없는 사람이 되어버린 사람이 다시 시를 쓰는 사람이 되기 위해 할 수 있는 최선은 최선의 방법을 실천하기 위한 차선의 방법을 시도하여 최선의 방법을 실행하는데 성공하는 것이다. 이것이 유일한 길이다. 이를 위해 많은 시인들에 의해 시도돼왔고 그만큼 널리 알려진 몇 가지 차선의 방법들을 소개하자면 ①공간적 차원의 차선의 방법: 깨면

이불 개기, 책상 정리하기, 책장 책 자리 바꾸기, 산에 가서 새소리 듣기, 안 다니는 카페에 다니기, 비행기 타고 멀리 가기…… ②시간적 차원의 차선의 방법: 밤에 자기, 낮에 자기, 오래 자기, 조금 자기, 안 자기…… ③섭취적 차원의 차선의 방법: 술 말고 물 마시기, 물 말고 차 마시기, 차 말고 술 마시기, 아침에 다섯 가지 영양제 삼키기, 초코 케이크 안심하고 먹기, 사 먹는 대신 해 먹기, 해 먹는 대신 사 먹기…… ④연애적 차원의 차선의 방법: 연애를 시작하기, 연애를 돌아보기, 연애를 중단하기, 연애를 이어가기, 연애를 끝맺기, 연애라는 것과 무관해지기…… 등이 있지만 가장 근본적인 해결책은 단연 ⑤글쓰기 차원의 차선의 방법이다. 시 쓰기와 쓴다는 측면에서 행위적으로 유사하지만 시 쓰기라고 할 수 없거나 그렇게 부르고 싶지 않은 글쓰기를 통해서 시 쓰기 능력의 회복을 도모하는 것이다. 자연히 이 방법은 그렇다면 과연 시 말고 무엇을 쓰겠냐는 질문에 어떻게 대답할지가 관건이 되는데 효과적으로 알려진 글감들로는 시가 안 써지는 이유에 관해 쓰기, 시를 왜 쓰는가에 관해 쓰기, 시가 무엇인지에 관해 쓰기, 좋은 시와 안 좋은 시를 나누는 기준에 관해 쓰기…… 등이고 아무리 늘어놓아도 이러한 종류의 글감들은 욕조 안의 거품들이 배수구에서 만나게 되고 오랜 시간이 흐른 뒤에 알 수 없는 어딘가에서 욕조 밖의 거품 아닌 모든 것들과도 만나게 되듯이 결국 하나의 주제로 귀결된다. 그것은 시론 쓰기다. 그렇다면 시론은 무엇인가? 그것은 시를 쓰는 사람에게 시가 안 써지는 때가 찾아와서 시를 쓸 수 없는 사람이 되어버리고만 사람이 다시 시를 쓰는 사람이 되기 위하여 시가 안 써지는 이유, 시를 쓰는 이유, 시의 이유, 좋은 시와 안 좋은 시를 나눌 수 있는 이유 및 나누는 이유…… 등을 알아보려고 쓰는 글이자 궁극의 차선의 방법이다. 어째서 시론 쓰기가 궁극의 차선의 방법이냐면, 원래도 시가 뭔지 모르면서 잘만 썼는데 그게 뭔지 알아본다고 잘 써지겠냐는 시작하기도 전에 일어나는 회의, 그러한 회의를 이루는 시론이라곤 써본 적도 없지만 만에 하나 쓰기 시작한다면 괴롭고 지난할 게 분명하다는 확신, 확신의 근거가 되어주는 읽는 동안에는 시가 무엇인지 알 것 같은 느낌을 주지만 덮고 나면 읽은 게 뭔지 알기 어려운 근사한 시론을 고군분투하여 쓴 시인들에게 시가 무엇인지 물어볼 때 으레 돌아오는 알쏭달쏭한 대답들을 유형화하고 정리하면 마지막으로 남게 되는 것은 결국 시가 무엇인지는 알 수 없다는 결론이 일반적이라는 사실에도 불구하고 시를 알면 시를 쓸 수 있는 건 당연하기 때문이다. 인간에겐 모르는 것을 말할 능력이 없는 만큼 아는 것을 말할 능력이 있으니까. 한편 여기서 시를 알면 시를 쓸 수 있다는 말의 소름끼치는 함의를 느껴볼 수 있는데 전부라고 해도 좋을 많은 시인들이 시가 뭔지도 모르면서 시를 쓴다는 점에서 그들이 쓰는 시들은 시가 아니라는 진실이다. 그렇다면 그들이 쓰는 것은 무엇인가? 알 수 없다. 그들은 알 수 없는 것을 시라고 부르고 있다. 시는 알 수 없는 것이다. 사정이 이렇다 보니 시를 쓰다가 시가 안 써지는 때가 찾아오고 차선의 방법을 통해 간신히 시를 써내더라도 시기 안 써지는 때가 또 찾아오는 일이 반복되는 건 당연한 노릇이다. 시를 모르기 때문에 시는 써질 수가 없는 것이다. 이것이 세상에 그토록 시론이 많은 이유다. 시공간적 차원이든 연애적 차원이든 부차적인 차원의 차선의 방법만으로는 이제 시를 쓰는 사람이 될 수 없다는 사실을 절감한 시를 쓸 수 없는 사람은 궁극적 차원의 방법인 시론을 쓰기 시작할 수밖에 없는데 시가 무엇인지 알아내지 못한 시론 또한 임시방편적 차원의 차선의 방법으로밖에 볼 수 없으므로 시를 쓸 수 없는 사람이 될 때마다 수정도 하고 번복도 하고 덧붙이면서 시론을 계속 쓰게 되는 것이다. 즉, 시를 쓰는 행위는 시론을 쓰는 행위 또한 포함한다. 이와 같은 시 쓰기→시 못 쓰기→시론 쓰기→시 쓰기→시 못 쓰기→시론 쓰기→시 쓰기→시 못 쓰기→시론 쓰기 과정이 무한히 회전하는 모습(♺)을 청정한 높이에서 밤하늘을 올

려다볼 때 별이 너무 많아 압도당하는 사람처럼 느끼는 사람은 시의 운명을 알게 된다. 시를 쓰는 사람이 쓰는 시는 아직 **시**가 아니며 ♻를 여러 겹 돌고 돌면 언젠가 **시**를 쓰게 된다는 것. **시**는 곧 ♻의 정지. 이것이 시의 운명이다. 언어는 사람이 겪는 그 무엇 하나와도 일치할 수 없다. 사람이 보고 듣고 맡고 맛보고 만지고 의식하는 그 무엇도 언어로 이루어지지 않기 때문이다. 언어는 언어 자신 이외에 이룰 수 있는 게 없다. 이와 같은 언어적 진실을 배경으로 시가 대상과의 일치를 향하여 요동치는 운동으로서의 언술이라는 장르적 정의를 상기할 때, 시가 실패할 수밖에 없는 도전이면서 끊임없는 실패를 반복한다는 점에서 숭고하다는 널리 알려진 시론을 이해하게 된다. 다만 이것은 시를 다루는 시론일 뿐 **시**를 다루는 시론은 아니다. 어쩌면 기존의 시론들은 **시**가 아득하고 불가해하다는 이유로 시를 쓰는 길詩道의 끝에 필연적으로 위치하는 **시**를 시도에서 외면하고 있다. 그도 그럴 것이 앞선 논의를 토대로 **시**는 실패가 아닌 성공을 의미하고 즉, 감각되는 모든 대상과의 언어적 일치인데 이는 이것과 저것을 나누고 좋음과 나쁨을 가리는 언어의 분별적인 전제조건 탓에 모순되기 때문이다. 모순을 피하기 위해 **시**는 언어 밖에서만 가능하며 이는 말 아닌 침묵이고 운동 아닌 정지다. 즉 모든 대상과의 언어적인 일치는 언어적인 차원에서 발생하는 행위가 아니라 존재적이고 인지적인 차원에서 발생하는 사건이다. 이것이 **시**, ♘의 정지, 완성된 침묵, 영원한 음악, 시도의 끝이며 또한 곧 시도다. 여기서 시도의 역설이 드러난다. 시를 쓰는 사람이 시를 쓸 수 없는 사람이 돼버려서 시를 쓰지 않는 사람이 되는 것만큼은 피하기 위해 시를 쓰는 길의 끝은 다름 아닌 시를 쓰지 않는 사람으로서 완성되는 것이다. 감각되는 모든 대상과의 언어적 일치는 쓰지 않아도 이루어지는 **시**고 달리 말해 주체가 곧 **시**가 되었음을 함의한다. 나는 나 아닌 것들로만 구성될 수밖에 없는데 나를 이루는 나 아닌 것들이 모두 **시**로 닥쳐

오기 때문이다. 즉, 시도의 끝은 **시**가 되는 것이다. 빛이 빛을 보기 위하여 눈이 필요하지 않듯이 **시**는 시를 쓸 필요가 없다. 이것이 나의 시론, 시를 쓰다가 결국 **시**가 되고 마는 길, 시도다. 이 글을 쓰고 있는 나로 말할 것 같으면 시를 쓰는 사람인데 어쩌면 지금은 시를 쓸 수 없는 사람이다. 받아들이기 어렵지만 받아들일 수밖에 없을 정도로 오랫동안 시가 안 써지는 때가 기간 단위로 계속되는 바람에 그동안 글쓰기 차원의 차선의 방법을 시도해왔다. 시가 안 써지는 이유에 대해서, 시를 왜 쓰는지에 대해서, 시라는 게 무엇인지에 대해서, 뭐라도 써야 뭐라도 쓸 테지만 아무것도 쓰고 있지 않다는 내용의 글을 쓰는 일은 결국 아무것도 쓰지 않는 행위에 가깝다는 느낌에 대해서 써왔다. 그리고 이런 낙서들로는 아무런 소용이 없으니까 더는 피할 수 없고 외면할 수 없는 진실을 마주하기로 했다. 나는 시론을 써야 한다. 시론을 쓰는 것이야말로 궁극의 차선의 방법이니까. 그래서 시론을 쓰기 위해 나의 시론이 무엇인지 알아보는 글을 쓰기로 했다. 이 글이 그 글이다. 그러니 나는 방금 전에 나의 시론이 시도라는 사실을 알아낸 것이다. 이제 시도에 관해 다루는 시론을 쓸 차례다. **시**란 무엇이고, 어떻게 **시**를 쓸 수 있는 것이며, 시는 어디로 가는지, 결국 **시**가 되는 시란 무엇인지 상세하게 쓰는 과정은 시도를 밝혀내는 작업일 것이고 동시에 시도를 시도하는 의미를 갖는다. 그러므로 나의 시론을 성실하게 써내어 한 권의 책으로 완성한다면 제목은 『시도시도』가 어울리겠다. 그렇지만 본격적으로 『시도시도』를 쓰기 시작한다면 괴롭고 지난할 거라는 확신 때문에 섣부르고 경솔하게 굴기 무섭다. 따라서 이 글은 이쯤에서 매듭을 짓기로 한다. 지금까지의 논의를 간단하게 정리하자면 시를 쓰다 보면 시가 안 써지는 때가 있다. 그런 때가 내게도 왔고 계속되어 왔다. 나는 시를 쓰는 사람인데 시를 쓸 수 없는 사람이 된 것이다. 나는 시를 쓰지 않는 사람이 될까 봐 무서워서 시를 쓰는 사람이 되기 위한 최선의 방법(시 쓰기)을 실행하기 위해 글쓰기 차원의 차선의 방법을 시도해왔지만 결국 궁극의 차선의 방법(시론 쓰기) 외에는 방법이 없다는 사실을 깨달았다. 나의 시론이 무엇인지 모르는 나로서는 나의 시론이 무엇인지 알아보는 글을 써야만 했고 그 글이 이 글이다. 이 글을 통해 나의 시론이 무엇인지 알게 되었는데 그것은 시의 길, 시도다. 이 글을 통해 전부 밝히지 못한 관계로 나 역시 자세히는 알지 못하는 시도에 대해 자세히 알아보는 글을 쓰고 엮어 시론집으로 만든다면 제목은 『시도시도』가 된다. 앞선 간단한 정리를 통해 이 글은 『시도시도』가 왜 시작되었고 어떻게 쓰일 것인지 알아보는 내용임이 밝혀졌다. 보통 그런 내용은 책의 머리말로 다루어지고 머리말은 나름의 제목을 갖는 경우가 잦다. 그렇게 이 글의 제목은 「『시도시도』는 이렇게 쓰인다」가 된다. 『시도시도』가 정말로 쓰이고 완성된다면 이 글은 『시도시도』의 머리말로 쓰일 것이다. 여기까지 썼으니 이제 내가 시를 쓰는 사람인지 시를 쓸 수 없는 사람인지 알아보는 글을 쓰러 가야겠다. 그것은 시다. **시**가 아니다. 그렇지만 언젠가 나는 **시**를 이룬다. ♻의 끝에서. 끝. 침묵.

아침달 시집 33
핵꿈

1판 1쇄 펴냄 2023년 9월 6일

지은이 김도
편집 송승언, 서윤후
디자인 정유경, 한유미

펴낸곳 아침달
펴낸이 손문경
출판등록 제2013-000289호
주소 03980 서울시 마포구 성미산로 153-16, 2층
전화 02-3446-5238
팩스 02-3446-5208
전자우편 achimdalbooks@gmail.com

© 김도, 2023
ISBN 979-11-89467-90-6 03810

값 12,000원